KB170820

가위 낼까 바위 낼까 보 낼까

일러두기

뒤표지 안쪽 오렌지빛 도트 무늬가 인쇄된 부분을 선을 따라 접으면
예쁜 책갈피bookmark로 활용할 수 있어요.
잠시 독서를 멈추는 시간, 읽었던 페이지에 살짝 끼워 놓으면 유용할 거예요.

가위 낼까 바위 낼까 보 낼까

주저하지 말고 당당하게

글 · 그림 추민지

베프북스
Best Friend Books

세상 살아가는 데 '기'만큼 중요한 게 어디 있을까?

드라마를 보는데 식당에서 일하는 직원이 혼나는 장면에서 눈살이 찌푸려졌다. 어린아이를 데려온 엄마는 블로그에 올릴 음식 사진을 찍느라 정신이 없다. 그런 엄마로 인해 아이는 식당 안을 혼자 뛰어다니며 놀고, 충분히 위험할 수 있는 상황인데 아이를 제지할 사람은 없다. 그러다 뜨거운 음식을 들고나오는 직원이 아이와 부딪히면서 음식을 바닥에 쏟고 만다. 직원은 아이에게 "식당에서 뛰면 안 돼요." 라고 한마디 했고, 엄마는 그제야 달려와 아이와 직원을 번갈아 본 후 직원에게 소리친다.

"당신이 뭔데 우리 애 기를 죽이고 그래. 뛰다가 부딪힐 수도 있다는 걸 충분히 감안했어야죠!"

엄마들이 내 아이 기를 죽인다며 화를 내는 모습들이 TV에 심심찮게 보인다. 친척들 사이에서도 아이 '기'를 살리려고 부모들은 안간힘을 쓴다. '기'가 살고 죽는 게 인생에 얼마나 지대한 영향을 미치면 어릴 때부터 아이 기를 살리려고 그토록 애를 쓸까. 학교만 다니는 애들한테도 '기'가 이렇게나 중요한데 험한 세상을 살아가야 하는 어른들한테 그 중요함은 말할 것도 없다. 그런데 아이러니하게도 이렇게 애지중지해서 키운 아이들이 어른이 되면 그들의 '기'를 죽이려고 한다. 나의 외모를 깎아내리는 데 혈안이 되어 있는 댓글들, 시기 질투하는 회사 동료들, 주변 지인들을 비롯해 나의 가장 최측근인 애인, 가족도 예외는 아니다.

사람들은 자신보다 기가 센 사람 앞에서는 주눅이 들고 자신보다 기가 약한 사람 앞에서는 떵떵거리곤 한다. 스포츠 경쟁에서도 그렇다. 어떤 상황이든 기 싸움에서 이기면 경쟁에서 반은 이기고 들어가는 것이기에 '기선 제압'을 가장 중요하게 여긴다. 씨름판에서 강호동이 이만기와의 대결을 앞두고 기선 제압을 위해 소리를 지르는 영상은 지금도 계속 떠돌고 있다.

경기뿐 아니라 모든 생활에서 '기'는 중요하다. 실제로 사회생활을 할 때 '기'는 그 힘이 막강하다. 신입사원이지만 초반부터 자신을 낮추고 들어가는 사람과 자신의 지성과 자질을 믿고 당당한 사람 사이에서 윗사람도 각각을 대하는 방식이 다르다.

어릴 때는 누군가 말로 나를 해치면 그냥 상처받았다. 저항하기보다는 주저앉기가 더 쉬우니까. '넌 어떻게 그런 말을 할 수 있어?'라고 말하지 못했다. 상대의 잘못이 아니라 내가 못나서 그런 말을 듣는 거라며 오히려 나를 한 번 더 다그쳤다. 그런데 7년이라는 긴 시간 동안 여기저기 생채기 나면서 배운 것이 있다. **정말 날 위하는 사람들은 내 기를 세우면서 조언해 준다는 것이다.**

그러니 내 기를 죽이는 사람들에게 주눅 들 필요 없다. 다 나를 위해서 해 주는 말이라고 스스로 타협할 필요가 없다. 기가 '세다', '약하다'는 잘못 생각하면 싹수없는 사람과 착한 사람으로 인식하는 경우가 많다. 그러나 기가 '센' 사람은 큰소리치고 상대를 자신의 마음대로 부리는 사람이 아니라 적으로부터 자신을 스스로 지킬 줄 아는 사람이다.

나를 깔본 사람들에게 주눅 들지 않고 받아칠 방법이 있다.

나 스스로 못났다고 생각하면서 시무룩해하지 않는 방법이 여기 있다. 이 책에는 7년이라는 시간 동안 대학교, 회사 생활 등을 하면서 '기'가 살고 죽으며 깨달은 나의 모든 이야기를 담았다. 더는 내 기를 죽이는 말과 행동들에 주저앉지 말자. 감히 내 기를 죽이는 사람들에게 이렇게 외치자.

"네가 뭔데 내 기를 죽여!"

이 책을 읽는 모든 사람이 더는 **주눅 들지 않고 이 세상을 당당하게 살아갈 수 있었으면 한다.**

추민지

CONTENTS

2장

세상이 내 기를 죽일 때 맞서는 법

3장

내가 나를 의심할 때

4장

진짜 나와 마주서기

1장

주눅 드는 건
내가 못나서인 줄
알았다

이별은 캐럴과 함께 찾아온다

스물하나, 가장 빛나는 나이의 크리스마스다. 어제까지만 해도 이런 크리스마스를 기대한 건 아니었다. 사람들로 시끌벅적한 시내 한복판에서 멋진 남자친구와 팔짱을 끼고 빨간색, 초록색이 빛나는 불빛 거리를 걷는 걸 상상했다. 꽁꽁 언 손을 호호 불다가 서로의 주머니에 넣고, 저녁에는 근사한 레스토랑에 가서 맛있는 파스타와 피자를 먹을 줄 알았다. 다른 커플들이 그렇듯이. 그런데 지금 나는 내 방에 멍하니 앉아 있다. 온몸의 열이 얼굴로 모이고 눈이 뜨거워진다. 눈물이 맺힐 뻔한 그때, 방문을 열고 언니가 들어왔다.

"언제 나가? 난 좀 있다가 나가는데."

"오늘 안 나가. 약속 취소됐어."

"남자친구 안 만난다고?"

"갑자기 급한 일이 생겼대. 나중에 보면 되지 뭐."

"그럼, 나 네 코트 좀 빌려 입어도 돼?"

"그래, 입어."

무덤덤한 척 일어나 옷장 문을 열었다. 입었던 옷을 벗어서 걸어놓고 편한 옷으로 갈아입었다. 책상에 앉아 한 시간 공들여 한 화장을 지웠다. 구슬 같은 눈물이 화장솜을 적셨고, 그 채로 얼굴을 쓸어 내려갔다. 그때, 울리는 휴대폰 알람.

'크리스마스 잘 보내고 행복한 새해 보내!'

친구들, 대학교 오빠들로부터 크리스마스 축하 메시지가 하나둘씩 오기 시작했다. 그러나 즐겁게 하루를 보낼 생각에 들떠 있는 사람들에게 이런 나의 상황을 알릴 수 없었다. 아직 어린 나이지만 눈치는 먹은 나이라, 상대의 상황을 고려하고 난 후에야 상대에게 내 감정을 쏟아낼 수 있다. 그들의 시간은 존중해 줘야 하기에 아이처럼 위로를 바라는 메시지를 오늘은 보낼 수 없다.

'괜찮아. 작년 크리스마스에도 혼자였는데 뭐. 크리스마스는 원래 가족이랑 보내는 거잖아.'

아이라인까지 지워 까맣게 얼룩진 솜을 버리고 화장실로

들어갔다. 콸콸 물이 흐르도록 튼 후 양손에 물을 받아 얼굴에 적셨다. 얼굴이 따뜻한 물을 만나자 뜨거운 눈물이 볼을 타고 흘렀다. 소리 내어 울지 않으려 눈을 질끈 감고 입술을 꽉 깨물었다. 감긴 눈 사이로 터져 나오는 눈물이 멈출 때까지 계속 세수를 했다.

"나 남자친구랑 놀고 올게!"

언니가 신나게 나갔다.

물기를 닦고 책상에 앉아 로션을 바르는데 도저히 혼자서는 이 감정을 감당할 수가 없다. 다시 터져 나오는 눈물을 이제는 감추지 않고 방을 나가 엉엉 소리 내며 엄마에게 달려갔다. 갑자기 울면서 오는 딸을 보고 놀란 엄마가 물었다.

"왜? 무슨 일이야? 남자친구 혹시 사고 났어?"

이기적인 생각인 거 알지만 차라리 그랬으면 이 정도로 슬프지는 않았을 것이다.

"엄마... 흑흑... 걔가 헤어지재."

여긴 대학인가 군대인가

나는 스물두 살이다.

나는 대학생이다.

나는 학점이 높다.

그리고…

나는 원래 꿈 많은 아이였다. 초등학생 때는 미스코리아, 중학생 때는 가수, 고등학생 때는 외교관. 그리고 성적도 잘 받는 똑똑한 모범생이었다. 중학생 때 전교 1등도 간간이 하면서 그 성적으로 외국어 고등학교까지 들어갔다. 그런데 생각이 어린 친구들만 많았던 중학교와는 달리 고등학교엔 똑똑하고 노력도 많이 하는 친구들이 천지라 풀이 자주 죽었다. 나는 그 사이에서 열심히 노력했지만, 원하는 대학에는 들어가지 못했다. 그래도 이왕 들어간 거, 모든 걸 새롭게 시작해 보자 다짐했다.

50명이 채 되지 않는 학과에서 여학생의 비율은 낮았다. 개인주의 성향이 강했고, 인간관계가 넓지 않은 탓에 신입생 오리엔테이션이라든지, 환영회라든지 하는 단체 생활은 내 성격에 안 맞았다. 그래도 4년 내내 외톨이가 되고 싶지 않아 갈 수 있는 모임에는 억지로라도 참석을 하자고 다짐했다. 그런데 그 마음이 첫 오리엔테이션에 가서 처참히 깨졌다.

신입생들끼리 친해지고 선배들과도 안면을 트기 위해 마련된 오리엔테이션은 1박 2일 동안 진행될 예정이었다. 오리엔테이션 당일 아침, 눈을 떴는데 왠지 도살장에 끌려가는 돼지가 된 기분이었다. 학교까지 가는 내내 오리엔테이션에 빠질 방법과 그럴듯한 시나리오만 생각했다. 학교에 도착하니, 모인 이들은 10분 전에 처음 만났을 텐데도 1년은 만난 친구처럼 왁자지껄 떠들어 대고 있었고, 그 사이에서 나는 소외감을 느꼈다. 겨우 친해진 친구 한 명이 오리엔테이션에 참석하지 않는다는 소식에 더욱 암담해졌다. 그렇게 친한 친구 한 명 없이 고속버스에 홀로 앉아 목적지로 향했다.

도착하고부터는 뉴스나 드라마에서 많이 봤던 장면들이 연출됐다. 분위기가 무르익은 현장에서는 남녀 상관없이 열 명씩 조를 짜서 방 배정을 받았다.(지금 생각하면 참 어이가 없다.) 그리고 방 안에서는 원으로 크게 둘러앉아 각자 앞에 술잔을 놓고 돌아가며 서로서로 술을 따랐다. 술을 먹기 위해 이렇게 단체로 둘러앉은 모습은 우리나라에서만 볼 수 있을 것이다. 여태껏 술을 입에도 안 대 본 나는 한 입 마셨는데도 얼굴의 모든 주름이 접혔다. 그때, 전체 과대라는 사람이 우리 방으로 들어왔다.

"이 방은 왜 이렇게 조용해? 내가 분위기 좀 띄워 놓고 가야겠네! 일단 술 한 잔 따라 줘 봐."

그 말에 사회생활 좀 한다는 남자애들은 모두 엉거주춤 일어나 술병을 들고 앞으로 모였다.

"아, 잠깐! 다들 왜 이래, 눈치 없이? 나는 너희들이 주는 술 맛없어!"

초록색 병을 들고 서 있던 남학생들이 일제히 탄식하며 자리로 돌아가 앉았고, 갑자기 모든 시선이 나를 향했다.

'나더러 따르라는 건가?'

이 방으로 배정받은 여자 한 명이 더 있었지만 그녀는 다른 곳에 가고 없었고, 나 혼자뿐이었다. 술병은 어느새 내 손에 쥐어져 있었고, 나는 당황스러워 무슨 상황인지 파악도 못 한 채 일어서서 술을 따르고 있었다. 술자리에 가 본 적이 없어서 나는 콜라 따르듯 큰 종이컵에 콸콸 따랐다. 다들 놀라며 "그만!

그만!"을 외쳤다. 지금 생각해 보면 소주잔 세 잔에 해당하는 양을 부어 버렸던 거니 그들이 지었던 표정이 이해가 간다. 그 뒤로 술 파티는 계속 이어졌고, 12시가 조금 넘어갈 때쯤 같은 방에 있던 여학생이 나에게 말했다.

"여자 방 따로 마련됐으니까 잠 오면 가서 자도 된대."

다음 날 아침, 술에 취한 아이들과 멀쩡한 아이들 모두가 모였다. 오늘은 어떤 활동을 할지, 몇 시에 집에 갈지에 대한 일정 통보가 끝나자 여자 선배 무리가 나와 말했다.

"여자들만 남고 다 들어가."

한겨울, 열 명 남짓한 여자들은 영문도 모른 채 몸을 떨며 그 자리에 서 있었다. 여자 선배 세 명 중 가장 나이가 많아 보이는 선배가 말했다.

"저기 앞에 축구 골대 보이지? 그 골대 찍고 다시 원래 자리로 뛰어와. 마지막으로 들어오는 사람은 다시 뛰어야 한다."

다들 축구 골대와 동기들을 번갈아 보며 진짜 뛰어야 해 말아야 해를 고민했다. 그러다가 한 명이 뛰기 시작했고, 뒤따라 다들 달렸다. 나도 그 상황이 너무 어이없고, 부끄러웠지만 열심히 달려 3등으로 돌아왔다. 헉헉대는 숨을 참으며 다들 제자리로 돌아오자 선배 한 명이 말했다.

"다들 엎드려뻗쳐!"

뭐야, 이 상황은? 여기가 군대인가, 환영회인가. 이제는 다들 망설임 따위는 땅에 내려놓았는지 손을 바닥에 짚고 두 다리를 뒤로 뻗었다.

"아무리 꼴찌를 하기 싫어도 그렇지, 동기를 제치고 들어오면 끝이야? 동기 챙기는 마음이 그렇게 없어서 되겠어? 그리고 어제 누가 엄마한테 전화해서 여자랑 남자랑 다 같이 잔다고 했어? 너희가 애야? 그런 일로 연락해서 방을 따로 또 잡게 만들고 말이야?"

본론은 선배들의 말을 거스르는 행동을 해서 심보가 꼬여버린 것이다. 누가 봐도 잘한 행동이라고 같은 여자로서 칭찬해 줘도 모자랄 판에 오히려 나무라고 있다니! 말 같지도 않은 말이 날카로운 목소리를 통해서 전달되니 더 같잖았다. 내가 여기서 왜 이러고 있어야 하는지 도통 모르겠다.

그 후로도 선배들의 꼰대 짓은 계속됐다. 우리는 쓰지도 못하는 학회비를 청구하고, 안 낸 사람들은 동기들 앞에서 부끄럽게 만들고, 유독 인사에 민감했다. 체육회를 하는 날이면 어김없이 여자들은 화풀이 대상이다. 남아서 쓴소리와 욕을 먹은 후에나 귀가할 수 있었다.

수업 시간에는 동기들을 위한답시고 과제를 베끼게 도와주고, 맨 뒷자리에서는 휴대폰 게임을 하느라 배터리를 충전하는 학생들이 진을 치고 있었으며, 시험 시간에는 대놓고 커닝을 한다. 이렇게 의미 없이 느껴지는 수업과 나날들의 반복이었다. 중학생 때 매일 보던 그 수준의 아이들이 더 이상 크지 못한 채 그대로 대학에 모여 있었다.

매일 아침 눈뜰 때마다 '이렇게 살려고 그렇게 힘든 수험생활을 견딘 건 아닌데.'라는 생각이 문득문득 스쳤다. 나에겐 고등학교 때부터 하고 싶었던 공부가 있었다. 하루도 음악을 귀에서 놓은 적이 없었고, 리듬과 박자를 따라가느라 공부에 집중하지 못했던 무수한 날들이 있었다. 음악을 들을 때마다 나도 이런 음악을 만들고 싶었다. 그렇다. 나는 작곡가가 되고 싶었다. 그래서 1학년 1학기 중간고사가 끝나기 전에 작곡 공부를 시작해야겠다고 마음먹었다. 그렇게 휴학을 하고 작곡 학원에 다녔다. 무언가를 이루고 싶어 직접 학원을 찾아다니면서 배운 적은 처음이었다. 1년만 공부하면 갈 수 있을 것이다, 나 정도면 충분히 재능이 있다고 생각했다.

그런데 '음대'라는 곳을 너무 만만하게 여겼나 보다. 공부에 진척은 없고, 주어진 공부만 하느라 자유롭지 않은 사고에 막혀 '예술가가 맞는 길일까?'라는 또 다른 고민이 시작됐다. 여기서 더 어떻게 준비를 해야 할지도 모르겠고, 매일 혼나기만 하는 탓에 학원 가기 며칠 전부터 기분이 안 좋았다. 이렇게 생활하다 보니 남들은 다 잘 살고 있는데 나만 사회에서 동떨어진 느낌이었다. 작곡이 재미있기는 했지만, 그 모든 고민과 걱정들을 물리칠 만큼은 아니었다.

'그냥 원래 하던 거 하자. 학교 다니면서 다시 내 진로를 생각해 보자. 이러다가 죽도 밥도 안 되겠다!'

작곡 공부를 한다고 했을 때, 별말 하지 않고 힘을 보태 준 엄마와 아빠에게 미안했다.

"나 그냥 다시 복학해서 열심히 공부해 볼게."

아이러니하게도, 마음을 다잡고 다시 정상적인 궤도로 돌아가 열심히 살아보겠다고 결심한 후로 나는 꿈꾸지 않게 되었다. 언제부턴가 그냥 남자친구와 하루하루 재미있게 보내는 날만 기대하는 아이가 되어 있었다.

엄마의 기대에 못 미치는 아이가 자라면

어릴 적 나는 세상에 무덤덤했고, 말수도 적은 아이였다. 다른 아이들이 말을 너무 많이 해서 시끄러웠다면, 나는 너무 안 해서 문제였다. 엄마는 그런 나를 답답해했다. 엄마가 활동적인 성격의 소유자라 내 자식도 당연히 활동적이길 바랐다. 이런 엄마의 바람과 나의 성격은 친척 집에서 가장 많이 부딪혔다.

"민지는 학교 잘 다니고 있어?"

명절이 되면 친척들은 나에게 이것저것 물었다. 나는 "네." 하고 짧게 대답하곤 했다. 말을 길게 하는 게 세상에서 가장 어려웠다. 잘 다니고 있는데 딱히 할 말이 뭐가 있나 싶었다. 엄마는 그런 모습을 뒤에서 지켜보고 있다가 나중에 나를 조용한 곳으로 불러내 혼내듯 말했다.

"어른이 물으면 길고 속 시원하게 대답해야지."

초등학교 수업 때는 발표를 하고 싶으면 하고 하기 싫으면 안 하곤 했는데, 부모님 참관 수업 때가 되면 이야기가 달라진다. 부모님들은 교실 뒤편에 일렬로 서서 자기 자식이 얼마나 수업을 잘 듣는지, 능동적으로 수업에 임하는지를 지켜본다. 그렇기에 이런 날 발표를 하지 않으면 엄마가 나에게 실망할 거라는 느낌이 들었다.

수업이 시작됐고, 도중에 힐끔힐끔 뒤를 보는데 엄마가 나를 뚫어져라 보고 있었다. 그리고 손 들고 발표하라는 말을 입 모양으로 전했다. 조바심이 났고, 언제 발표를 해야 할까 고민하다가 수업 후반쯤 예습한 내용이 나왔기에 급하게 번쩍 손을 들었다. 다행히 선생님께서 나를 지목하셨고, 나는 자신감 있게 말했다. 뿌듯한 마음으로 웃으며 자리에 앉아 뒤를 돌아봤는데 엄마가 보이지 않았다.

'바쁜 일이 생겨서 집에 간 건가?'

수업이 끝나고 엄마를 찾으러 복도로 나갔는데 엄마는 복도 창문에 기대어 서 있었다.

"어? 엄마 아직 안 갔네? 수업 중간에 교실에 없던데?"

"다른 애들만 발표하기에 화가 나서 그냥 나왔어."

"나 마지막쯤에 발표했는데…. 엄마가 나가서 못 본 거야.

조금만 더 기다리지 그랬어."

엄마도 그때는 아직 어렸나 보다. 자신의 감정을 주체하지 못하고 그렇게 티를 내고야 말았으니. 그렇지만 열세 살의 어린 내가 뭘 이해할 수 있었겠나. 나는 그저 조용한 성격에 조용한 목소리를 가진 내가 싫었다. 엄마의 기대에 미치지 못한 내가 싫었다. 그래서 활발해지려 노력했고, 공부도 더 잘하려고 노력했다. 그런데 적극적으로 보이려고 노력하는데도 점점 '내 안'에 갇히는 느낌이 들었다. 아무리 활발해지려고 몸부림쳐도 그 철창을 벗어나지 못하는 기분이었다.

이런 성격 탓인지, 사춘기가 찾아오지 않았다. 공부만 열심히 하면서 그 시기를 잘 보냈다. 그런데 그런 성격은 스무 살이 지나고서 사춘기가 아닌 다른 형태로 나를 괴롭혔다.

스무 살이 된 어느 날, 문자 한 통이 왔다.

'잘 지내?'

중학교 때 친하게 지냈던 같은 반 남자애가 어떻게 내 번호를 알고 연락을 해 온 것이다. 서로 좋아했지만 쑥스러워 말 못 했던 그때의 기억에 가슴이 설레었다. 그러나 우리는 정반대의 성격과 생활패턴을 가지고 있었다. 나는 학교를 결석하면 큰일 나는 줄 아는 모범생이었고, 그는 수업을 빠지는 날도 많았고, 선생님께 반항도 했고, 담배도 피웠고, 술도 마셨다. 한마디로 '날라리'였다.

그런데 성인이 되고 나서 그에게 좋은 점이 생겼다. 주위 친구들은 대부분 대학을 갔거나 재수를 하는 등 공부에 자신의 미래를 바치고 있었는데, 그는 대학을 가지 않고 일찍이 취업해서 돈을 벌고 있었던 것이다. 오랜 시간 공부에만 매달리고 있는 생활에 신물이 나 있었던 나에겐 그저 자유로워 보였다.

내 못난 성격의 부작용이 여기서 일어났다. 틀 안에 갇혀 있는 나와는 달리 그는 영혼도 자유로웠다. 규격 안에 있지 않은 듯한 느낌. 사실 지금 보면 그냥 철없는 남자애일 뿐이지만, 그런 점에 마음을 뺏겨 버린 걸 어쩌나!

끊일 줄 모르는 며칠간의 대화 끝에, 나는 그와 사귀기로 했다. 이미 연애 경험이 몇 번 있었던 그와 달리, 나는 모든 게 낯설었다. 간질간질한 대화, 조심스러운 행동, 작은 반응 하나에 넘실대는 감정. 미래만 보고 달려가던 내가 **누군가의 연락을 그토록 기다리고, 말 한마디에 모든 의미를 부여하고, 좋아하고, 상처받고, 웃고, 울었다.**

하지만 그가 일을 하는 탓에 일주일에 한 번을 겨우 만날까 말까 했다. 대부분의 시간엔 문자로만 소통하다 만나니 그렇게 설레고 두근댈 수가 없었다. 그리고 나는 이러한 감정이 서로 영원할 줄 알았다.

그런데, 채 두 달이 되지 않았을 때부터 그와 연락이 잘 되지 않았다. 연락이 되어도 퉁명스럽게 대하는 날이 많았고, 술을 마시는 날도 많아졌다. 그리고…

"이번 주에는 언제 봐?"

"나 이번 주에 친구랑 약속 있어서 우리 못 보는데?"

우는 날이 많아졌다. 단 하루 그의 달콤한 말을 듣기 위해 심장은 열흘 동안 아팠다.

그러던 어느 날, 자정이 다 된 시간까지 남자친구는 야간작업을 하고 있었다. 나는 조금이라도 그와 더 대화하기 위해 감기는 눈을 억지로 뜬 채 연락을 기다렸고, 문자가 왔다.

'나 너한테 할 말 있어.'

왜 마음이 이렇게 쿵쿵대는 걸까? 왠지 좋은 소식이 아니라는 느낌이 들었다. 그리고 그날 밤을 나는 잊을 수 없다. 주황색 무드 등이 은은하게 켜져 있던 내 작은 방, 매트리스 위에 누워 있던 나는 천천히 몸을 일으켰다.

'우리 그만 헤어지자.'

아무리 마음이 아파도 크게 소리 내어 싸운 적 없었고, 서로가 서로에게 크게 잘못한 일도 없었다. 여러 가지 생각과 자책

감들이 머릿속을 채웠다.

'내가 우리의 관계에 너무 소극적이었나? 내가 자주 섭섭해 해서 힘이 든 건가?'

갑자기 왜 그러냐고, 혹시 내가 잘못한 일이 있냐고 문자를 보내려는 순간, 청천벽력 같은 내용의 문자가 또 왔다.

'나 좋아하는 사람 생겼어. 그러니까 붙잡을 생각은 하지 마.'

남자는 믿을 만한 게 못 된다라는 엄마의 충고를 새겨들었어야 했다. 이것저것 묻고 싶었지만 물을 수 없었다. 갑작스레 끝을 내면서도 아무 설명도 해 주지 않는 그의 태도에 질척거리는 모습을 보이고 싶지 않아 잘 지내라는 말만 남기고 누웠다.

실감이 나지 않으니 눈물도 나지 않았다. 뜬눈으로 밤을 샜고, 이내 아침이 되었다. 매일 아침 주고받던 문자는 한여름 밤의 꿈처럼 갑자기 사라졌다. 이제 연락하지 않는 사이가 됐다는 현실을 깨닫고 나니 눈물이 터져 나왔다. 누가 때리지도 않았는데 심장에 구멍이 난 것처럼 공허하면서도 너무나도 아팠다. **총 맞은 것처럼 아팠다.**

그 후로 하루하루를 눈물로 보냈다. 삶은 지옥 같았고, 마음이 바닥으로 내려앉는 날이 몇 달이나 이어졌다. 이런 아픔을 겪게 한 하늘이 원망스러웠다. 그렇게 방학은 끝이 났고, 나는 복학을 했다. 조금씩 바쁜 생활을 하면서 시간을 흘려보내니 조금 지낼 만해졌다. 그리고 그쯤, 다른 남자가 내 마음의 문을 두드렸다.

그런데 제길, 내 사춘기는 아직 덜 끝났나 보다.

우린 운명인 줄 알았다

그는 키가 180cm가 넘고 훤칠했다. 가끔 친구들에게 남자친구를 묘사할 때면 이 표현을 꼭 쓰곤 했다.

'오빠는 모델 지망생 같아.'

자상한 건 아니었지만 츤데레 같은 그의 매력에 빠져 나는 **그가 세상에서 제일 멋진 사람이라고 생각했다**. 개그맨 같은 그의 입담에 내 얼굴에서는 웃음이 떠나지 않았고, 평소의 나라면 하지 않았던 일들도 늘 같이 하곤 했다. 밤늦게 드라이브를 가기도 하고, 심야 영화를 보기도 하고, 한 번도 안 가 봤던 주변 강가와 여러 도시들을 갔다. 누군가는 평범하게 생각했던 일상들이 나에게는 신선하게 다가왔다. 그런데 이상하게도 그를 보고 있으면 전에 사귀었던 남자친구가 가끔 떠올랐다. 지금 남자친구도 학창 시절 학교를 열심히 다니지 않았고, 담배를 일찍부터 폈고, 반항기도 많았다고 한다. '썸'을 탈 때 그런 이야기들이 오갔지만, 군대를 이미 제대했고, 사회생활을 좀 해봤기에 철이 들었다고 믿었다. 그리고 나는 이미 그에게 빠져 버린 상태였다. 그에게 반한 날을 아직도 기억한다. **모든 상황이 다 우리가 만나기 위해 짜인 각본처럼 느껴졌다. 우리는 운명이라는 착각에 빠질 만큼.**

복학하기 위해 수강계획서를 짜던 날, 여태껏 빠진 수업을 채우느라 애를 먹었다. 1학년 때부터 한 학기를 쉬어 버린 탓에 모든 교과 과정이 꼬여 버렸기 때문이다. 동기들이 2학년 수업을 들을 때 나는 1학년 수업을 들어야 했다. 그중에서도 특히 듣기 싫은 수업이 있었는데 그건 바로 물리 실험 수업. 네 명이 한 팀이 되어 실습하는 이 수업은 모든 학생이 싫어하는 수업으로 악명 높았다. 너도나도 실험은 떠넘긴 채 결과 보고서를 한 사람만 애써서 작성하는 이 수업을 어느 누가 좋아하겠는가. 더군다나 나는 복학생. 1학년들 사이에 어색하게 끼어 공부해야 하는 그 괴로움은 복학생만이 알 수 있을 것이다. 가능한 시간으로 배정하다 보니 같은 학부의 다른 과 학생들이 듣는 수업을 신청할 수밖에 없었다. 다시 휴학하고 싶은 심정이었다.

수업 당일, 웅성웅성하는 소리가 들리는 실험실 앞에서 숨을 고른 후 문을 열었다. 안으로 들어서자 시끄러웠던 실험실이 갑자기 조용해졌다. 그도 그럴 것이, 남자들만 모여 있는 공대 실험실에서 처음 보는 여학생이 떡하고 나타나니 모든 시선이 집중될 수밖에. 서로서로 속삭이는 소리가 내 귀에도 들렸다.

"누구야?"

"같은 과 맞아?"

"신입생인데 우리가 모르는 건가?"

나는 얼굴을 붉힌 채, 네 명씩 모여 있는 테이블 사이를 지나 빈자리를 찾아 앉았다. 어색해서 미칠 지경이었다. 휴대폰만 응시한 채 오지도 않는 메시지를 확인하는 척하며 문자창을 열었다 닫았다 반복했다.

그렇게 몇 주가 흐르고, 정말 가기 싫었던 실험 수업도 다행히 같은 조 후배들과 친해지면서 점점 듣기 괜찮아졌다. 그리고 후배들과 이야기를 나누다 보니 같은 수업에 나보다 한 살 더 많은 오빠가 있다는 걸 알게 되었다. 나이가 조금 더 많은 사람이 한 명 더 있다는 자체가 얼마나 위로가 되던지. 그 뒤로 나는 그 오빠에게 수업 내용을 알려주면서 연락을 하게 되었고, 급속도로 친해졌다.

"어디 살아?"

"나 서구청 앞! 오빠는?"

"나도 서구청 앞에 사는데?!"

어리석다고 해야 할지, 단순하다고 해야 할지, 너무 어렸다고 해야 할지…. 같은 학교, 같은 동네, 같은 수업에 다닌다는 자체가 너무나 신기하고 운명처럼 느껴졌다.

"오늘 수업 몇 시에 마쳐? 나 너한테 편지 썼는데…."

우리는 수업을 마치고 집 앞 육교 앞에서 만나기로 했다. 밤 8시가 조금 넘어 길은 어둑어둑했고, 큰길가에 이따금 지나가는 차들로 빛이 번쩍번쩍했다. 나는 약속대로 육교 앞 가게에 서서 기다렸다.

"어디야? 나 육교 내려가고 있어."

그를 찾으려고 육교 위를 올려다봤다. 파란색 라코스테 후드 집업에 청바지를 입은 길쭉하고도 수수한 그의 모습을 멍하니 바라봤다. 육교를 내려오면서 나를 보고 씩 웃는 그의 모습에 심장이 두근거렸다. '뭐 이런 거에 빠지나?' 싶겠지만 말 그대로 콩깍지가 씌어 버린 것이다. 그 육교는 그렇게 날 4년이나 묶어 뒀다.

그를 만나는 동안 나의 앞날, 미래 같은 건 안중에 없었다. 같이 수업 듣고, 학점도 잘 받고 있으니 잠시 모든 것들은 미뤄도 괜찮다고 생각했다. 그렇게 기말고사가 끝났고, 겨울방학이 시작된 지 일주일째 되는 날이었다. 조금씩 애정이 식어 가는 듯한 그의 모습에 나의 불평과 섭섭함은 매일매일 더해졌고, 그는 그 모습에 지쳐 가고 있었다. 그러다 크리스마스 날 터져 버린 것이다.

'우리 잠시 생각할 시간을 갖자.'

헤어지자는 말을 뱉기가 힘들어 나온 말이라는 것쯤은 나도 안다. 그런데 마음 깊은 곳으로부터 분노가 올라왔다. 1년 가까이 만났음에도 불구하고 문자로 끝을 알릴 수밖에 없었나 하는 생각에 화가 났다. 육교를 내려오면서 수줍게 웃던 그는 어디로 갔는지, 편지를 쓰던 예쁜 마음은 대체 어디로 사라진 건지 혼란스러웠다.

시간은 내가 괜찮을 때까지 기다려 주지 않는다

혹시라도 그가 마음을 바꿔서 미안하다고 연락할 수도 있겠다는 생각에 휴대폰을 껐다 켰다를 반복했다. 휴대폰은 제 기능을 잃은 듯 조용했다. 가만히 누워 있으니 부정적인 생각들이 폭풍처럼 몰려들었다.

'내가 그렇게 매력이 없나? 왜 나는 매번 그런 애들한테 차이기만 하는 걸까?'

생각해 보면 나에게는 치명적인 단점이 하나 있었다. 그건 바로 내 시간을 만들지 않는 것이다. 남자친구가 있을 때면 나는 모든 생활을 그에게 맞췄다. 데이트하지 않을 때면 할 일이 없었다. 친구가 많은 것도 아니었고, 취미가 있는 것도 아니었다. 가끔 혼자 하는 것이라곤 영화를 보거나 책을 읽는 게 다였다. 그러다 보니 자연스레 내 모든 관심은 상대에게 향했다. 그가 다른 사람들과 재미있게 노는 순간들에 질투가 났고, 한 시간 이상 연락이 안 되면 불안해했고, 만나기로 약속한 날에는 온통 외모를 치장하는 데 시간을 들였다. 나를 향한 시간이 거의 없었다. 그러다 조금이라도 늦거나 약속이 갑자기 취소되면 그에게 불같이 화를 냈다.

생각하면 할수록 헤어진 전 과정이 화가 났다. 나는 너만 좋아하고 생각하고 기다렸는데 어떻게 며칠간의 고민 따위로 나를 포기할 수 있을까. 이렇게 쉽게 손을 놓을 만큼 나를 좋아하지 않았다는 사실이 나를 더 비참하게 만들었다. 그 순간엔 차라리 게임에 빠져 다른 생각은 못 하는 사람들이 부러웠다. 유흥에 중독되는 성격이 아니기에 어느 한 곳에 정신을 쏟아 괴로운 건 잊자는 방식도 나에게는 통하지 않았다. 친구들처럼 술을 진탕 마시고 정신없이 뻗어서 자고 싶은데 술을 좋아하지 않기에 그마저도 할 수 없었다. 그렇게 나는 맨 정신으로 모든 나날을 버틸 수밖에 없었다.

스트레스를 풀어낼 만한 취미도 없었고, 남들 다 들어가는 학교 동아리도 한 군데 들지 않았었고, 학회에는 발도 들이지 않았다. 나는 대학 생활을 즐기지 못한 채 고등학교 때의 생활을 계속 이어갔다. 바뀐 거라곤 자율 수업과 남자친구뿐이었다.

이런 내가 엄마에게는 성이 차지 않았을 거다. 공부 열심히 하고, 말 잘 들었던 딸이 날라리 같은 애한테 빠져서 매일 놀 생각만 하고 다닌다고 속이 많이 상했을 거다.

'내가 죽으면… 그 사람이 후회할까?'

미쳤다 정말! 이제는 나 싫다는 사람 때문에 이런 생각까지 하다니…. 진짜 갈 데까지 가 보자는 건가. 한심했다.

그러다 문득 첫사랑과 이별했을 때가 생각났다. 그를 잊기 위해 모든 방법을 동원했다. 어떻게 하면 그를 머릿속에서 지울 수 있을까에 대부분의 시간을 투자했다. 어디에도 집중하지 못했고, 조금 집중이 된다 싶으면 어느새 그가 내 머리를 헤집고 들어와 있었다.

명화 그리기 세트를 사서 온종일 눈이 빠질 때까지 색칠하기도 하고, 생전 하지도 않았던 앵그리 버드 게임을 하기도 했다. 이렇게 하면 그 사람 생각을 하지 않겠지 하며 시간을 낭비했다.

그런데 지금의 나는 그때와 얼마나 달라졌나. 달라진 점이 있기는 한가. 헤어진 후의 내 모습은 또 시간을 낭비하면서 새로운 사람이 나타나기를, 내 인생의 구원자가 나타나기를 기다리고만 있는 건 아닐까.

'그냥 이렇게 있을 수 없어. 이번을 견디지 못하면 난 매번

누군가와 헤어질 때마다 내 인생을 낭비하고 말 거야.'

헤어짐의 슬픔에서 벗어나 나를 어딘가에 집중하도록 하고 싶었다. 단순히 게임, 그림 등 소모성이 아닌 '하지 않으면 큰일 날 일'을 만들고 싶었다. 그때 평소 공부를 열심히 해서 나를 예쁘게 봐 주셨던 학과 연구실 교수님 말씀이 어렴풋이 생각났다.

'혹시 나랑 연구 같이할 생각 있으면 찾아오너라.'

그때는 남자친구와 놀기 바빴기에 이런 말을 듣고도 금세 잊었었다. 나중에 하면 된다 생각하면서 앞으로도 기회가 무수히 많을 것처럼 안일하게 여겼다. 그런데, 그 이야기가 오간 후 일주일 뒤에 남자친구에게 차이는 일이 일어난 것이다.

'혹시… 하늘이 나에게 집중할 시간을 주느라 이렇게 일을 만든 건 아닐까?'

어쩌면 내가 지금 헤어진 후 슬픔이라는 감정이 내 시야를 가리고 있어서 다른 부분을 보지 못하고 있는 건 아닐까 하는 생각과 동시에 해답을 찾은 것 같았다.

이거다! 지금의 생활을 모두 바꿔 줄 하나의 행동!

연애하고 있을 때는 '자기계발'을 하기가 힘들다. 주기적으로 같이 시간을 보내야 하는 사람이 있고, 내 감정을 소모해야 해서 내 시간을 오롯이 즐기기 힘들다. 누군가와 함께해서 기분은 좋지만 혼자 생각하는 시간이 현저히 줄어들기 때문에 내면의 성장은 더디다. 지금이 내가 성장하기 위한 적기라는 것을 깨달았다.

시간은 계속 흐르고, 아프다고 해서 무너졌다고 해서, 기다려주지 않는다. 이제는 도약해야 할 시기다. 나는 차였고, 삶은 그래도 계속되기에 주저앉아 있을 수만은 없다.

눈물과 콧물이 범벅이 된 얼굴을 휴지로 닦아내고 훌쩍대면서 침대를 벗어나 책상에 앉았다. 그래서 뭐부터 시작해야 할까.

'일단 교수님을 찾아봐야겠어.'

학교 사이트에 들어가서 교수님과 연락할 방법을 찾았다. 연락처를 못 찾는다면 그냥 학교로 찾아갈 생각이었다. 학과 홈페이지에서 교수님 이름을 찾았다. 다행히, 교수님 약력 밑에 메일 주소가 적혀 있었다. 2년 동안 학교에 다니면서 단 한 번도 교수님께 메일을 보낸 적이 없었다. 난 무엇을 공부한 건가 싶었다.

'뭐든지 처음은 있는 법이니까.'

어떤 말부터 시작해야 좋을까 고민하다가 인사말부터 적어 내려갔다.

'교수님, 안녕하세요. 저는 멀티미디어학과 추민지라고 합니다. 몇 주 전에 제안하신 연구에 대해 논의하고 싶은 게 있어서 메일 드립니다. 언제쯤 찾아뵈면 될까요?'

최대한 예의를 갖춰서 적었다. 이제 전송 버튼만 누르면 나는 일을 저지르게 되는 것이다. 교수님을 상대로 이랬다저랬다 할 수 없으니 말이다. 10초 정도 멈칫하다가 전송 버튼을 눌렀다.

'에이, 어차피 보내야 하는 거야. 그냥 있을 순 없잖아.'

그리고 다시 침대에 누웠다. 답장이 오기만을 기다리고 있는데 몇 시간 전과는 기분이 달랐다. 세상 온갖 슬픔을 다 짊어진 듯 가라앉아 있던 마음이 다시 콩닥대기 시작했다. 뜻하지 않은 일을 기다리는 중이라 그런가. 새로운 일을 시작한다는 설렘에 예전에 느꼈던 감정들이 다시 문을 두드렸다. **목표가 있다는 것! 이것이 그 어떤 것들보다 내 심장을 가장 두근거리게 한다는 사실을 잊고 있었다.** 어떻게 될지는 모르겠지만, 나는 새로운 일을 벌였다.

시련당했을 때 최고의 약은 저질러 보기

크리스마스 다음 날, 세상에 뿌려진 행복의 마법은 끝이 났다. 세상은 다시 조용해졌고, 캐럴에 묻혀 있던 알람 소리, 출근하는 사람들의 발소리, 뉴스에 흘러나오는 사건 사고들이 다시 소리를 내기 시작했다. 어차피 나에게 크리스마스는 없었으니 휴일의 후유증 같은 것도 없다. 눈을 뜨자마자 다시 마음이 아파 오는 건 어쩔 수 없었다. 이별해도 배는 고팠다. 다행이라는 생각이 들었다.

'그래도 살고 싶구나, 너!'

통통 부은 눈으로 거실로 나가 힘없이 식탁에 앉았다.

"그런 애랑 헤어졌다고 울고 짜고 하면 다 네 손해야. 그러니까 얼른 털고 다시 정신 차려."

역시 독한 우리 엄마. 어젯밤까지 위로해 주던 엄마는 어디로 가고 강철 여인의 모습만 남아 있다. 밥을 꾸역꾸역 집어넣고 다시 방으로 가서 책상에 앉았다. 어제 보낸 메일 답장이 왔는지 궁금해 컴퓨터를 켰다. 메일이 다섯 통 와 있었다. 온통 광고 메일이다. '뭐야!' 실망하며 삭제하려는 순간, 제일 밑에 있는 제목이 눈에 들어왔다. 회사 이름들 사이에서 교수님 이름이 빛을 내고 있었다. 두근대는 마음으로 메일을 열었다.

'평일 오후 세 시 이후에는 시간이 되니 언제든 오너라.'

쇠뿔도 단김에 빼라고, 오늘 가자. 집에만 있다가 갈 곳이 생기자 몸에 활기가 돌았다. 씻고, 화장하고, 옷도 따뜻하게 입었다. 학교가 멀리 있는 탓에 두 시간 정도 걸려서 도착했다. 캠퍼스가 크고 건물들이 멀찍이 떨어져 있어서 겨울에는 을씨년스럽다. 게다가 방학 기간이라 학생들이 없다 보니 더 썰렁하게 느껴졌다. 교수님 연구실은 공대 건물 5층에 있다. 엘리베이터를 타고 올라가 연구실 앞에 도착했다. 심호흡을 크게 두 번 한 뒤 긴장되는 마음으로 똑똑 문을 두드리니 안에서 인기척이 들렸다.

"네, 들어오세요."

조심스럽게 문을 열고 고개를 빼꼼 내밀었다.

"교수님. 저 민지예요. 오늘 메일 받고 이렇게 왔습니다."

"아 그래. 들어와서 앉으렴."

잔뜩 긴장한 상태로 교수님의 맞은편에 앉았다. 교수님이 먼저 입을 열었다.

"민지 메일 받고 굉장히 기분이 좋았어. 의욕 있는 학생이 아직 있구나 싶어서. 하고 싶은 연구 주제는 있니?"

"아니요. 아직 관심거리가 없어서 연구 주제를 어떻게 찾아야 하는지 잘 모르겠어요."

"그럼, 일단 내가 하는 연구를 도와줄래?"

가슴이 두근댔다. 대학원생들만 하는 것이라 생각했던 연구를 내가 시작하다니…. 어쩌면 정말 하늘이 날 도우려고 이렇게 이별의 상처를 줬구나 하는 생각이 또 들었다.

나는 그 후로 일주일에 3일씩 학교에 갔다. 논문을 찾아서 읽고, 자료도 정리하면서 바쁘게 보냈다. 문득문득 남자친구 생각이 났고, 슬퍼지기도 했다. 그런데 오랜 시간 동안 슬픔에 잠길 여유가 없었다. 일주일 동안 했던 연구와 성과들을 정리해서 교수님께 보여드려야 했기에 멍하게 있는 시간도 아껴 써야 했다. 남자친구를 잊기 위한 의도로 시작한 것이기에 나는 나름대로 그 시간을 잘 버텨 갔다.

그렇게 두 달 간의 방학을 보냈고, 새 학기가 시작됐다. 개학 첫날, 스쿨버스 타는 장소로 향했다. 그런데 저 앞에 낯익은 얼굴의 키 큰 남자가 걸어오는 게 보였다. 갑자기 심장이 요동치기 시작했다. 전 남자친구였다. 같은 동네에 산다는 건 그 이후의 생활에 꽤 해롭다. 새 학기가 시작됐다고 어김없이 마주치다니. 학교에서는 안 마주칠 수 있는데, 집 앞은 어림없었다. 나는 얼른 가서 줄을 섰고, 혹시나 얼굴이 마주칠까 봐 앞만 보고 있었다.

뒤를 쳐다볼 용기가 안 났다. 휴대폰을 뒤적이며 서 있는데 뒤에서 누가 손가락으로 어깨를 툭툭 쳤다. 뒤돌아보니 전 남자친구였다.

"안녕. 잘 지냈어?"

나는 아무 말 없이 바라만 봤다. 달리 할 말이 없었고, 입도 안 떨어졌다. 그러자 그가 말했다.

"넌 더 예뻐졌네."

나는 예상치 못한 말을 듣고 당황했다. 그런데 갑자기 괘씸한 생각이 들어서 막말을 했다.

"오빠는 더 못나졌네."

그냥 그 사람을 깔아 내리고 싶었다. 두 달 내내 어떻게든 그에게 똑같이 상처를 입히고 싶었는데 할 수 없었다. 이유 없이 헤어짐을 고한 그 사람이 가장 신경 쓰는 부분이 외모인 걸 알고 있었기에 자존심을 건드리고 싶어서 그 말이 그렇게 튀어

나왔다.

"그렇지? 요즘 피부도 안 좋고 왜 그런지 모르겠네."

발끈할 줄 알았는데 예상과는 다르게 수긍하는 그의 모습이 낯설었다. 두 달 동안 앙심을 품고 있었던 탓에 말이 가시를 달고 나갔지만 몇 마디 나누다 보니 예전에 웃고 장난치던 모습이 다시 나왔다. 오랜만에 얼굴을 보니 반가웠다. 그렇게 우리는 서로 안부 인사를 주고받았고 며칠 학교도 같이 다녔다.

나는 준비하고 있던 연구를 막 끝낸 상태였고, 논문까지 써 보자는 교수님의 말에 온통 정신이 팔린 상태였다. 간간이 그가 신경 쓰이기는 했지만, 마감 날짜가 정해져 있었기 때문에 학교 수업 시간 외에는 논문을 쓰는 데 시간을 투자했다. 그렇게 한 달이 지나고 총 석 달간 노력했던 논문이 발행됐다. 처음 해보는 일을 하느라 그동안 힘들었는데 이렇게 결과물이 내게 주어지니 몹시 뿌듯했다.

며칠 뒤, 전 남자친구는 학교로 나를 불러냈다.

"나 두 달 동안 진짜 반성 많이 했어. 네가 없으니까 삶이 지옥 같더라. 다시 한 번만 기회 주면 안 될까?"

그때 그 순간에는 진심이었을 것이다. 아직 나에게도 미련이 한가득 남아 있긴 했다. 이번엔 정말 잘해 보고 싶었기에 그 마음을 받아들였다.

어떤 선택의 길목에 섰을 때 이 길이 맞을지 저 길이 맞을지 나도 확신할 수 없다. 이 사람과의 인연을 계속 이어나가는 게 맞는지, 연구의 길로 가는 게 맞는 건지 지금은 알 수 없다.

그렇다고 해서 선택을 안 할 수는 없다. 그러니 어떤 일이 생기든 간에 내가 지금 할 수 있는 일을 하는 것뿐이다. 〈겨울왕국 2〉의 안나도 언니 엘사를 잃었지만 좌절하지 않고 남은 백성들을 구하기 위해 이렇게 노래한다.

나를 사랑한다는 건
나를 믿고 기다려줄 수 있는 것.

"But you must go on. And do the next right thing."

그렇지만 넌 계속해야만 해. 다음 일을 하자.

그런 다음 내가 나 자신에게 해 줄 말은 딱 하나뿐이다.

"한 번 해볼 테니 참고 기다려 줘."

내가 답답해 보일 수 있다. 무능해 보일 수 있다. 그렇지만 어떤 일을 하기로 선택하고, 그 일을 끝까지 잘 마무리 짓기 위해서는 시간이 필요하다. 인고의 시간. 그리고 진짜 의미 있고 가치 있는 고민을 하려면 내 안에서 나오는 고민을 해야 한다. 어떻게 하면 될까. 뭘 하면 될까. **의미 있는 고민이 의미 있는 결과를 낳으니까.**

내 자리는 따로 있다

교수님과 연구를 진행하면서 자연스럽게 연구실 생활을 하게 되었다. 그동안 나는 연구실에서 생활하는 사람은 대학원생이 전부이고, 대학생에겐 금기의 방 같은 곳이라 생각했다. 그러나 이 대학의 교수님들은 학부생이라도 공부할 의지가 있으면 참여하길 원했고, 많은 학생들에게 그 기회의 문이 열려 있었다.

학교 연구실이나 회사나 비슷하다. 활발히 연구하고 인기 있는 연구를 실행해서 외부의 지원을 많이 받는 연구실은 지원자가 많아 면접을 봐야 한다. 대부분 왜 이 연구실에 오고 싶은지, 어떤 연구를 하고 싶은지를 묻곤 한다. 그렇지 않은 경우의 연구실은 교수님과의 대화를 통해 공부에 열의만 보인다면 들어갈 수 있다.

내가 있던 연구실의 교수님은 예전부터 나에게 관심을 두고 계셨기에 구태여 다른 곳으로 갈 필요가 없었다. 학생들에게 인기 있는 연구실은 아니었지만, 교수님은 정직하게 자신이 하고 싶은 연구를 위해 노력하셨고, 그 모습이 존경스러웠다. 무엇보다 나를 정말 따뜻하게 대해 주셨다.

친구 중 한 명은 학생들 사이에서 선호도가 높은 연구실에 들어갔다. 그러나 교수님이 돈을 밝히는 탓에, 그곳을 졸업한 학생들로부터 좋은 말이 나오지 않았다. 어떤 곳이든 장단점이 있게 마련이다. 그러니 **내 마음이 더 가는 곳으로 향하면 된다. 정답은 없기에.**

연구실에 들어가면 좋은 점이 여러 가지 있다. 그중 하나가 내 자리와 컴퓨터가 마련되어 있어서 겨울에는 따뜻하고 여름에는 시원하게 내가 하고 싶은 공부를 마음껏 할 수 있다는 것이다. 연구실 생활을 하지 않고 다녔다면 낭비한 시간이 얼마나 많았을지 상상이 안 된다. 흔히 수업이 없는 공강 시간이면 학생들은 학교 주변을 떠돌거나 그나마 공부하려는 학생들은 도서관이나 빈 강의실을 찾아다닌다. 그 외 나머지 학생들은 피시방에 가거나 카페에 가서 수다를 떤다. 공강이 매일 한두 시간도 아닌데 엄청난 시간 낭비가 아닐 수 없다. 그리고 또 하나 좋았던 점은 '사람들'을 만난 것이다. 그동안 나는 동아리나 학회 등 학생들이 모이는 곳에 소속되어 있지 않아서 학교에서 아는 사람이라고는 친구 몇 명과 남자친구밖에 없는 좁은 인맥의 소유자였다. 그런데 연구실에 들어가니 이미 공부를 하고 있던 '선배들'이 있었다. 학기 초의 기억 때문에 선배들에 대해 안 좋은 편견을 가지고 있던 나는 그동안은 선배들과 거의 마주치지 않으려고 애써 왔었다.

그곳에는 3학년 오빠 다섯 명이 있었는데 연구실 후배가 나뿐이었기에 나를 상당히 귀여워해 주고 이것저것 많이 챙겨줬다. 학교에 아는 지인이 없다가 갑자기 아는 오빠들이 생기니 아군이 생긴 것처럼 아주 든든했다. 급한 일이 생겼거나 낙담을 할 때면 오빠들이 어김없이 나타나 도와주었고, 슬픈 일이 있을 때면 위로를 해 줬다. 그렇게 해서 나는 점점 기가 살기 시작했고, 나도 몰랐던 나의 성격들이 나오기 시작했다. 행동이 좀 더 대담해졌고, 대화를 나눌 때도 새삼 내가 이렇게 말이 많은 사람이었나 싶었다.

이때부터 내 인생의 나침반이 원하는 방향으로 조금씩 맞춰지기 시작했다. 연구실에 있는 동안 오빠들과 협업해서 두 편의 논문을 출간했고 학술대회에 출전해 우수 논문상도 받았다. 일이 흘러가는 게 참 신기하다는 생각이 들었다. 이 정도의 논문으로 상을 탈 수 있을 거라고는 생각도 못 했다. 우리가 뉴스에서 보는 연구들은 대단한 학자들에 의해서 발견되는 것이라고만 생각했기에 상을 받으니 그저 얼떨떨했다.

그렇게 기말고사와 논문을 동시에 끝내고 나니 겨울 방학이 찾아왔다. 나는 1년 전 겨울과는 정말 다른 상황에 놓여 있었다. 학교에 가서 남은 서류를 정리해야겠다는 생각이 들었고 즉흥적으로 연구실로 향했다. 그런데 그날, 내가 학교에 가지 않았더라면 졸업할 때까지 장학금 걱정을 하고 살았을지도 모른다.

남자친구와 함께 연구실에 도착해 꽁꽁 언 몸을 녹이고 있었는데 누군가 연구실 문을 두드렸다. 이 시간에 연구실에 올 사람이 없는데. 더군다나 문을 두드릴 사람은 더 없을 테고.

"네, 들어오세요."

문을 연 사람은 다름 아닌 교수님이었다. 나는 깜짝 놀라 인사부터 했다.

"민지야. 다행히 오늘 학교 왔구나. 잠시 내 방으로 오겠니?"

교수님을 따라가니 그곳에는 낯익은 분이 계셨는데 데이터베이스 수업 교수님이었다.

"민지 네 성적표를 봤는데 아주 인상 깊더구나. 1학년 초반엔 학점이 바닥이었는데 그다음부터 쭉 만점에 가까운 점수를 받다니. 혹시 1학년 땐 무슨 일 있었던 거니?"

작곡 공부를 하겠다고 학교에 멋대로 안 나가고 고생했던 기억들이 떠올랐다.

"그때 잠시 방황을 해서요. 복학한 뒤로는 열심히 공부했어요."

"그렇구나. 내가 부른 이유는 이번에 공문이 내려왔어. 장학금 줄 학생을 찾고 있었거든. 우리 학부에 세 개의 학과가 있는데 2년마다 장학금을 줄 학생을 선발하거든. 그런데 이번이 우리 학과 차례더구나. 2학년 학생 중에 학점 평균이 3.5 이상인 여학생에게 줄 수 있는데 그에 맞는 학생이 너뿐이더라. 오늘까지 이름이랑 서류를 제출해야 했는데 마침 학교에 네가 와서 다행이네. 아니었으면 기회가 날아갈 뻔했어."

안 그래도 장학금을 받을 방법이 없을까 방법을 찾던 중이었는데 이렇게 기회가 찾아오다니! 너무나 감사하고, 좋은 일이 연속으로 일어나서 기뻤다. 남은 2년 내내 등록금 전액이 나온다고 하니 정말 세상을 다 가진 기분이었다. 오늘 학교를 온 게 얼마나 다행이었는지 모른다. 교수님께 감사하다는 인사를 계속 드린 후, 학과 사무실에 필요한 서류들을 제출하느라 바삐 돌아다녔다.

그런데 연구실에서 나를 기다리던 남자친구의 표정이 썩

좋지 않았다. 내 소식에 누구보다 기뻐할 줄 알았는데 큰 반응이 없었고, 오히려 자신을 연구실에 혼자 두었다며 섭섭함을 표시했다. 질투하고 있다는 느낌이 들었다. 그가 자존심이 세다는 건 예전부터 알고 있었지만, 그래도 그렇지, 축하해 주지는 못할 망정 자신의 상황을 먼저 생각하다니. 남자친구는 헤어지기 전이나 지금이나 상황이 그대로였기 때문에 같은 시간을 보냈어도 달라진 것 없는 자신과 나를 비교하면서 종종 자신을 깎아내렸었다. 그 결과는 나를 향해 쏜 화살이었다. 이별의 아픔을 잊으려 노력했던 시간에 그는 나와 달리 시간을 허비했다. 이런 사소한 일들이 사귀면서 여러 번 합쳐졌고, 그게 곪아서 이제는 그 상처가 표정에도 드러났다. **그때부터 우리는 이미 다른 길을 걷기 시작한 것이었을지도.**

남들이 다 하는 거라도 하자

나는 그 후로 장학금을 받으면서 마음 편히 학교에 다녔다. 매 학기 학점 3.5 이상을 유지하면 되는 조건이었기에 평소 하던 대로 공부했다. 그런데 내 안의 안일함이 언제부턴가 또 스멀스멀 올라왔다. 예전에는 이룬 게 아무것도 없어서 미래를 피해 다녔지만 이번에는 몇 번의 성과를 봤기에 '이 정도면 좀 놀아도 괜찮겠지?' 하는 생각이 들었다.

4학년으로 올라갈 때쯤, 이미 게을러질 대로 게을러진 탓에 아침 열 시가 다 되어서야 일어났다. 매일 여덟 시면 일어나던 나에게 열 시는 매우 늦은 시간. 그런데 그날따라 갑자기 발등에 불이 떨어진 느낌이었다.

'내가 이렇게 안일하게 있어도 되는 건가? 다른 학교에 다

니는 친구들은 취업 준비, 시험 준비를 하면서 바쁘게 지내고 있는데….'

그동안 나는 논문을 쓰고 학점을 잘 받았다는 사실만으로 기고만장해 있었다. 취업에 관해서 아무것도 생각해 놓은 게 없었다. '이 정도 점수면 어떻게든 원서를 써 넣어도 되겠지!' 생각하며 지냈다. 그런데 1년 뒤면 졸업을 한다고 생각하니 갑자기 불안해지기 시작했다.

'이렇게 그냥 보내면 안 되지. 지금 남들이 다 하는 거라도 해 놔야 안심이 되겠는데….'

졸업을 앞두고 있으니 눈에 보이는 점수나 성과가 더 있어야 한다는 생각이 들었다. 그래서 **현재 한국의 모든 대학생들이 고군분투하고 있는 게 무엇일까를 생각했다.** 머릿속에 딱 하나의 시험이 떠올랐다. **바로 토익.** 나는 한 번도 진지하게 시험을 치려고 생각하지 않았던 토익을 정복하기로 했다. 영어에 대해 큰 거부감이 없었기에 걱정은 없었다. 불안했으면 일찍 시작했을 것이다.

고맙게도 학교에서 매달 한 번씩 토익 모의고사를 볼 수 있었다. 토익 시험을 치는 데 돈이 아까운 대학생들에게는 자신의 실력을 점검해 볼 수 있는 큰 기회였다.

'대충 공부해도 800점 이상은 나오겠지.'

설렁설렁 공부하고 열심히 시험을 쳤다. 그런데 예상과는 달리 뒤로 갈수록 시간이 촉박했고, 결국 몇 지문은 찍고 나왔다. 점수는 690점. 충격이었다. 외국어 고등학교를 졸업해서 어느 정도 기본기는 있겠지 생각했는데, 오만했던 것이다. 이렇게 건성으로 모든 걸 시작하고 어중간하게 끝내면 나중에 후회할 것이 분명했다. 공대생은 높은 영어 점수가 필요 없다고는 하지만 나의 기준에서 낮은 점수는 용납할 수 없었다. 이 점수가 2년이라는 시간 동안 나의 발목을 잡을 걸 알기에 정신이 번쩍 들었다.

'이왕 하는 거 제대로 하자!'

인터넷으로 토익 책부터 두 권 사서 공부를 시작했다. 주변에서 토익 공부로 스트레스를 받으며 1년 이상 붙잡고도 포기하는 경우를 많이 봤기에 **'두 달 안에 900점'을 목표로 잡았다.** 공부가 더 길어졌을 때 싫증내는 내 모습을 알고 있기에 무리해서 목표를 잡았다. 자고, 밥 먹고, 싸는 것 외에 모든 시간을 토익 공부하는 데 사용했다. 어쩌면 수능 공부보다 더 열심히 했을 것이다. 그렇게 공부를 하고 한 달 뒤에 바로 시험을 쳤다. 나온 결과는 890점. 너무 아쉬웠다. 10점 차이지만 목표를 달성하고 안 하고는 큰 차이가 있는 법이다. 한 달이 더 남았기에 다시 도전하기로 했다.

어떤 부분이 부족한지 찾기 위해 잠깐 무료로 배포된 인터넷 강의를 봤다. 토익 계에서는 유명한 유수연 강사님의 강의였는데 한 대 맞은 기분이었다. 각 시험마다 맞는 전략이 있었는데 나는 이제껏 그걸 모르고 모든 지문을 샅샅이 읽고 풀었던 것이다. 남은 한 달 동안 잘못된 시험 풀이 습관을 바로 잡고 원래 난이도보다 한 단계 높은 모의고사 문제집을 풀었다. 너무 열심히 공부한 나머지 시험 전날 심장이 떨려서 잠이 안 왔다. 수능도, 학교 시험도 이렇게 떨리지는 않았는데 말이다. 그렇게 잠을 자는 둥 마는 둥 했는데도 다음 날 피곤하지 않았고, 오히려 정신이 말짱했다. 빨리 잘 마무리하자는 생각으로 시험장에 들어갔다.

시험장은 항상 긴장감이 맴돈다. 이번에는 좌석도 마음에 들었고, 시간도 여유가 있어 마음을 더 가다듬었다. 모든 자리가 채워지고, 시험지가 배부됐다. 드디어 듣기 시험을 알리는 방송이 시작됐다. 첫 문제를 어떻게 푸느냐가 그날 시험에 대한 자신감을 좌우하기에 어떻게든 잘 듣고 풀어야 한다.

첫 문제의 대화 내용이 방송됐다. 그런데 저번 시험과는 사뭇 느낌이 달랐다. **'뭐지? 시험인데 술술 풀리는 이 느낌.'** 지난 시험은 한 문제 한 문제가 어렵고, 답을 고르는 데도 시간이 오래 걸렸는데 이번에는 답을 고르는 손이 빨라졌다. 읽기 파트도

전엔 마지막 2세트를 풀 시간적 여유가 없어서 임의로 답을 고르고 나왔는데 이번에는 끝까지 푼 뒤에도 5분 정도 시간이 남았다.

시험장을 나서는 발걸음이 너무나도 가벼웠다. 왜 그럴까를 생각해 봤다. 기존 시험 난이도보다 더 어려운 문제집으로 공부를 해서 그런 건 아닐까 싶었다. 며칠이 지나고 점수 발표날, 두근대는 마음으로 홈페이지에 들어가 수험번호를 쳤다.

'제발 900점 넘어라… 제발…!'

모니터에 보이는 큰 숫자는 935점. 심장이 빠르게 뛰면서 너무도 감격스러웠다.

다음 날, 학교 시스템에 정보를 등록해야 했기에 학과 사무실에 가서 점수를 제출했다. 친한 사람들이 몇몇 있었는데 내 점수를 보고는 깜짝 놀랐다.

"나도 지금 토익 공부하고 있는데…. 어떻게 공부했어?"

토익 시험을 친 후에 깨달은 것은 딱 한 가지다. **목표와 기간을 정해서 최선을 다하되 의식적인 노력을 하는 것.** 이 규칙만 지키면 어떤 것이든 다 해낼 수 있고, 안 된다면 깔끔하게 포기할 수도 있다. **목표와 방향성을 잘 잡으면 중도에 불안하지 않다.**

준비된 자만이 서류를 제출할 기회가 있다

토익 시험을 치르고 난 후에 그 기세를 이어 컴퓨터 자격증도 땄다. 그런데 읽으면서 그런 생각이 들지 않나? 이 사람은 뭘 하고 싶어서 이런 스펙들을 만드는 걸까? 나도 똑같은 생각을 했다.

'내가 하려는 건 뭐지? 취업하려는 건가? 어디에 취업하려고 이런 자격증들을 따고 있는 거지? 그 회사에서 정말 이런 게 필요한 건지 확인한 적이 있나?'

계획이 없는 대학생들이 4학년 후반이 되면 많이 하는 생각이 아닐까 싶다.

그런데 2학년 때부터 가지고 있던 의문이 하나 더 있다.

'서류상으로는 지식을 증명할 준비가 완벽한데 내가 실제

로 그만큼의 능력을 갖추고 있는 걸까?'

오랫동안 외면했었던 불안감이 고개를 들었다. 그 불안을 피하고자 표면적으로 노력한 게 사실은 토익, 자격증 등이었다. 그러나 현실적으로 내가 잘해야 하는 것은 전공 분야인 '프로그래밍'이다. 아무리 논문을 쓰고 학과 성적을 잘 받았을지언정 혼자서 애플리케이션을 개발할 능력이 없으면 말짱 도루묵이다. 실무 능력이 없는데 학점 잘 받은 게 무슨 소용인가라는 생각이 머리를 떠나지 않았다. 그러나 이제는 넘지 못한 벽을 똑바로 마주 봐야 할 때다.

그래서 시간이 조금 더 걸리더라도 학원에 가서 처음부터 제대로 배우고 싶었다. 아침부터 저녁까지 수업이 진행되기에 학교 수업과 겹치는 날들이 많았다. 마지막 학기라 수업이 많지 않았기에 수업을 몇 번 빠지는 걸 감안하고서라도 학원을 가야겠다는 생각이 들었다. 그래도 예의를 갖춰야 할 것 같아 담당 교수님을 찾아갔다.

"교수님, 저 학원에 가서 프로그래밍 능력을 쌓으려고 하는데 수업을 좀 빠져도 될까요?"

교수님은 깜짝 놀라며 물었다.

"뭐? 민지 너 논문도 썼고 학점도 좋지 않아? 너 정도면 어디든 갈 수 있는데 왜 그런 학원을 또 가려고 하는 거야?"

"회사에 들어가기에는 프로그래밍 실력이 너무 부족한 것 같아서요. 공부를 다시 해보려고요."

"지금 학원에서 시간 낭비하면 안 될 것 같은데…. 차라리 대학원에 가 보는 게 어때? 거기서도 공부할 수 있잖아."

"대학원 갈 준비를 안 해놨는데…. 서류 제출 기간도 이미 끝났을 거예요."

"일단 남은 곳이 있나 찾아보고 없으면 공부 좀 하면서 다음 학기 입학 기간을 기다리면 되지. 너 정도면 서울에 있는 명문 대학원에 들어갈 수 있어. 서두를 거 없잖아."

예전에 잠깐 고민했던 적이 있다. 그런데 그 생각을 접은 이유는 명문대가 아니면 가기 싫었기 때문이다. 지금 상황에서 명문대를 갈 수 있을 거라는 가능성 자체를 생각하지 않았다. 지방 대학 출신이라는 게 항상 마음에 걸렸기 때문이다.

곰곰이 생각했다. 나는 정말 이 길로 취업을 하고 싶은 걸까? 확실한 건 이렇게 바로 취업하는 건 내가 꿈꿔 온 인생이 아니다. 어쩌면 내가 나의 능력을 너무 과소평가하고 있는 건 아닐까? 진짜 능력이 안 됐다면 교수님이 나에게 대학원을 권할 일도 없지 않을까? 어쩌면 이번이 진짜 기회일지도 모른다.

'이렇게 된 거 대학원에 한번 가보자. 나라고 못 갈 거 있나.'

서울대, 고려대, 연세대 중 한 곳에 가기로 마음먹었다. 아직 우리 학교에서 명문 대학원에 간 사람이 있다는 소식을 듣지는 못했다. 누군가 한 명이라도 갔었다면 좀 더 힘낼 수 있을 텐데. 그래도 내가 처음이 될 수도 있으니 도전해 봐야지!

바로 책상에 앉아 인터넷을 켰다. 검색창에 서울대학교를 입력했다. 그런데 안타깝게도 접수 기간이 이미 일주일이 지나 있었다.

'그래 뭐. 예상했던 일이잖아.'

이제 두 군데가 남았다. 갈색 호랑이가 세차게 울부짖는 표정이 인상적인 고려대학교 홈페이지에 들어갔다. 아니나 다를까, 여기도 접수 기간이 이미 5일이나 지나 있었다. 이런 식이라면 연세대학교도 뻔하겠다고 생각하며 반쯤 포기한 상태로 **검색창에 연세대학교를 입력했다.** 홈페이지에 들어가서 마우스 휠을 내리다가 멈췄다. 웬걸! 서류 제출 기간이 아직 5일이 남아 있다!

심장이 빨리 뛰기 시작했고, 눈은 이미 제출해야 할 서류 목록들을 훑고 있었다. 영어 성적표, 자기소개서, 학업 계획서, 그 외 보충 자료들. 영어 성적과 논문 자료들이 이미 있으니 자기소개서와 학업 계획서만 쓰면 된다. 와! 어쩌면 신이 나를 이쪽으로 인도했을지도 모를 일이다.(실제 믿고 있는 종교는 없다.)

이렇게 감탄하면서 지체할 시간이 없다. 남들은 한 달 이상이 걸려서 쓰는 자기소개서와 학업 계획서를 나는 5일 안에 준비해야 한다. 한글 문서를 열었다. 빈 화면과 마주하고 있는데 이런 생각이 들었다.

'어디에서나 볼 수 있는 진부한 이야기는 쓰지 마. 어차피 공부 잘하고 의욕 있는 사람들은 차고 넘쳐. 내 이야기를 소설처럼 써서 빠져들게 하자.'

먼저 음악을 틀었다. 앞으로 5일 동안 나를 이끌어 줄 노래는 레드 벨벳의 '러시안 룰렛'. 힘이 넘치는 노래를 들으니 기운이 넘쳤다. 이 노래를 들으면서 쓰고 있으니, 마치 합격할 것 같다는 느낌이 들었다. 그때 너무 노래와 하나가 된 나머지 요즘에도 가끔 거리를 걷다가 '러시안 룰렛' 노래가 들리면 자기소개서를 쓰던 그날이 생생하다.

나를 드러내려는 딱딱한 글이 아닌 진솔한 이야기를 펼쳐냈다. 그리고 다음 날 교수님께 보여드리러 갔다. 누군가에게 내가 쓴 글을 평가받을 때는 항상 긴장된다.

"글이…."

꿀꺽.

"흔한 자기소개서 같지 않아서 좋네. 잘 썼다. 고칠 게 거의 없어. 이대로 제출하면 될 것 같구나."

그렇게 마감 1일 전에 모든 서류를 준비해서 접수를 마쳤다. 수험번호가 창에 떴다.

'정말 이제 시작이다. 지금 내가 할 수 있는 일은 다 했다. 이번에 안 되면 다음 학기에 또 도전하자.'

이런 마음가짐으로 1차 서류 합격 발표가 나올 때까지 면접 준비를 하면서 쉬었다.

몇 주가 지나고 서류 심사 발표 날이었다. 지방대생이라는 이유로 서류전형에서 떨어질까 봐 조마조마했지만 다른 부분들은 자신 있었다. 매 학기 열심히 공부한 흔적으로 만점에 빛나는 학점, 이별의 아픔을 극복하고 쓴 논문들, 뭘 해야 할지 몰랐을 때 가만히 앉아 있지 않고 만든 토익 점수 등 도전했던 모든 일들이 그 서류 한 장에 다 담겨 있었으니까. 수험 번호를 입력하고 확인을 눌렀다.

축하합니다!

이 글이 보이는데 한순간에 긴장감이 풀렸다. 떨어졌다면 지방대생의 설움이 확 올라왔을 텐데 **내가 이렇게 합격을 하고야 말았다.** 통과할 거로 생각하고 미리 면접을 준비해 온 보람이 있었다. 2주 뒤 바로 면접인데 놀기만 했으면 큰일 날 뻔했다. 이제 면접만 잘 보면 된다.

가장 궁금했던 건 옷차림이었다. 취업 면접이 아닌 대학원이라 더 아리송했다. 대학원 입학을 준비하는 모임 카페에 들어가 봤다. 합격했다는 소식을 전하는 학생들의 글로 가득했고, 그 위로는 다들 같은 고민의 글이 있었다.

'면접 옷차림이 걱정이에요. 다들 뭐 입고 가세요?'

대부분 답변이 검은색, 흰색의 정장이었다. 나는 너무 식상하다는 생각이 들었다. 남들이 다 정장을 입고 오니 나는 깔끔하게 순수한 대학생 모습으로 가기로 했다. 내가 선택한 옷은 흰색 니트에 짙은 청바지. 그리고 짙은 고동색 코트를 걸쳤다. 면접장에 도착해서 앉아 있는 사람들을 쭉 봤다. 100명 정도 되는데 딱 봐도 다들 모범생으로 보였다. 모두 다 검은색 정장에 검은색 코트나 패딩 점퍼를 입고 왔다. 두 시간을 기다린 뒤 내 차례가 되었고, 다섯 명이 같은 방에 들어갔다. 나는 다섯 명 중 딱 중간에 앉게 되었다. 맞은편에는 교수님 세 분이 앉아 계셨고, 질문이 시작됐다.

"1분 동안 자기소개를 해 보세요."

대답하는 사람들의 목소리에서 떨림이 느껴졌다. 질문은 계속 이어졌다.

"연구하면서 힘든 일이 있을 때 어떻게 극복했죠?"

바로 옆 사람을 봤다. 너무나 긴장한 나머지 설명하는 그의 손이 덜덜 떨렸다. '조금 덜 긴장하면 훨씬 말을 잘할 것 같은데….' 안타까운 마음이 들었다.

내 차례가 왔다. 최대한 긴장하지 않고 여유로운 모습을 보여주고 싶어서 얼굴에 미소를 띠었다. 차근차근 이야기하면서 면접관들의 눈을 한 명씩 바라봤다. 오히려 면접관이 어색해하며 나의 눈을 피했다.

그렇게 면접 질문이 다 끝났고 어떻게 대답했는지 기억나지 않았다. 떨어질 것 같다는 느낌도, 합격할 것 같다는 느낌도 없었다.

열심히 했으니 남은 결과는 하늘에 맡기자.

모든 응어리가 눈물에 녹을 때

대학원 최종 합격자가 발표되는 날 아침, 출근 준비를 마친 엄마가 문을 나서면서 말했다.

"너무 불안해하지 말고, 편안한 마음으로 있어. 나중에 전화하고."

합격자 발표를 세 시간 앞두고 컴퓨터를 켰다. 아직 발표가 날 시간이 한참 남았지만, 혹시나 학교의 실수로 시스템이 열려 있지 않을까 싶어 합격자 조회 버튼을 눌렀다. 몇 번 새로고침 버튼을 누르다가 부질없는 짓임을 깨닫고 다시 침대로 가서 누웠다.

어느 정도의 확신은 있었다. 그렇지만 **인생은 정말 알 수 없는 거니까. 어떤 일에도 100% 확신할 수는 없다.** 확신한다는 게 정말 오만한 생각이란 걸 창업 수업을 들으면서 알았다.

3학년 학기 중에 누구나 들을 수 있는 창업 수업이 개설됐다. 당시에 대학생들 사이에서 창업 붐이 일고 있었고, 창업 관련 공모전도 진행되고 있었다. 나도 예전부터 하고 싶었던 아이템이 있었다. 사람들이 자신의 여가생활에 관심이 커지고 있으니 DIY 키트로 집에서 편하게 무언가를 만들면서 시간을 보내고 싶어 하지 않을까 생각했다. 창업 수업을 들으면서 학교 공모전에 서류를 제출했다. 몇 주 뒤에 발표가 났고, 나는 탈락했다. 당연히 서류심사는 통과할 것이라 생각했는데 예상과는 다른 결과에 크게 상심한 채 창업 수업을 듣고 있었다. 나의 시무룩한 표정을 본 강사님이 옆으로 오셨다.

그 당시에는 몰랐는데 '세바시'에 출연하신 전종목 강사님이었다. 내가 이제껏 만나 본 사람 중에 기운이 가장 넘쳤고 아우라가 있었다. 그리고 사고가 너무 건전하셔서 참 닮고 싶은 분이었다.

"공모전에 당연히 당선될 줄 알았는데 탈락했어요."

강사님은 내 말을 듣고 말씀하셨다.

"어떤 것에 대해 확신하지 말아요. 동전을 보면 양면이 있죠? 기회란 그런 거예요. 어느 쪽이 나올지 알 수 없어요."

이제껏 마음먹고 도전했던 일에 실패한 적이 드물었다. 항상 노력한 정도에 따르는 성과가 있었기에 이번 실패가 너무 아팠다. 그런데 그 말을 듣고 나니 내가 큰 착각을 했다는 생각이 들었다. 이제껏 이뤄 온 모든 일이 나의 노력만이 아니라는 걸 알았다. 노력이 선행되어야 하지만 운이 따라 줬다는 사실을 간과하고 있었다. 그 이후로 **최선을 다하되 결과는 하늘이 정해 주는 거라고 마음을 고쳐먹었다.**

시간이 어느덧 흘렀고, 합격자 발표 시간 5분 전이었다.

'일단 마음을 비우자. 합격이든 아니든 나는 내가 할 수 있는 최선의 노력을 했어.'

심장이 두근댔고, 심호흡을 몇 번 하고 나서 접수번호와 이름을 입력했다. 완료 버튼을 누르니 계속 보이던 페이지가 사라지고 1초 정도 흰 화면만이 컴퓨터를 가득 채웠다. 느낌이 왔다. 발표 결과가 뜨겠구나 생각한 순간, 눈앞에 검은색 글자가 나타났다.

합격하셨습니다!

그리고 그 밑에 학번과 이름이 떴다. 그 순간 이제껏 학교 때문에 받았던 모든 설움이 모두 해소되면서 눈물이 쏟아져 나왔다. 기뻐서 운다는 게 이런 느낌이라는 걸 처음 알았다. 내가 노력해서 이룬 것들이 나를 이렇게 감동시켰다. 책상에 엎드려 엉엉 소리 내 울었다. 초조하게 기다리고 있을 엄마한테 전화를 했다.

"어떻게 됐어?"라고 묻는 엄마의 목소리에도 떨림과 불안이 섞여 있었다. 이미 결과가 나온 걸 알면서도 혹시나 안 좋은 결과에 내 마음이 상했을까 봐 연락을 못 하고 있었나 보다.

"엄마, 나 합격했어!"

엄마를 기쁘게 해 줄 수 있는 이 순간과 나의 노력이 너무나도 자랑스럽고 좋았다. 노력 끝에 결실을 맺는다는 건 이런 기분이구나. 대학원을 준비하면서 불안해했던 두 달이 주마등처럼 스쳐 지나갔다. 이제 전공 교수님께 찾아가서 연구실에 내가 들어갈 자리가 있는지, 나를 연구생으로 받아줄 수 있는지를 여쭙기만 하면 된다.

그 다음 날, 이제껏 힘써 주신 교수님을 찾아가 합격소식을 전했다. 교수님도 매우 기뻐하시면서 나를 꼭 안아주셨다. 나의 합격을 마치 자식의 일인 양 생각해서 우러나온 행동이라는 느낌이 들었다. 이런 경험을 하는 학생들이 몇 명이나 될까 싶다. **그 학교 출신이 아니었기에, 지방대 학생이었기에, 합격의 기쁨도 더 컸다.**

그럼 네가 해보든가

우리는 보통 남이 해낸 일을 쉽게 생각하곤 한다. 에이, 나도 그건 할 수 있겠다. 나도 그거 예전부터 생각했던 건데, 배우면 다 하는 거 아니야? 세상에서 제일 힘든 게 생각을 현실화하는 건데 해보지 않은 사람이 어떻게 그렇게 자신 있게 얘기할 수 있을까?

명문대의 까다로운 서류전형과 면접을 다 통과하고 나서 신입생을 위한 오리엔테이션에 참석하는 날이었다. 아침 9시까지 참석해야 해서 새벽에 일어나 씻고, 서울로 가는 KTX를 두 시간 동안 탔다. 아무리 KTX가 생겨서 시간이 단축됐다 해도 대구에서 서울까지 가는 게 보통 일이 아니었다. 서울역에 내렸는데 밥 먹을 시간이 없어 편의점에서 대충 김밥으로 때웠다. 서울에 도착해서 제일 헷갈린 게 당연 대중교통 이용이다. 서울은 찻길 중간에 정류장이 하나 더 있다는 걸 도착해서야 알았다. 버스는 왜 그렇게 많고, 타는 곳은 또 왜 이렇게 많이 분리되어 있는 건지…. 처음 상경한 사람에게는 혼란을 가중시킨다. 지하철로 가면 헤매다가 이도저도 아니겠다 싶어 버스를 탔다. 도착하는 데 이미 에너지를 다 써 버렸다.

모이기로 한 강의실에는 이미 학생들로 가득 찼는데, 서로 어떤 사람이 합격했나 탐색전을 하고 있었다. 한 명 한 명 들어올 때마다 고개를 들어 힐끗 보고는 재빨리 고개를 돌렸다. 공대라 그런지 대학원도 남자가 대다수다. 어색하게 몇 분 앉아 있으니 신입생 오리엔테이션을 하러 각 연구실의 대학원생들이 들어왔다. 학교 소개부터 시작해서 교수님들 인사, 각 연구실 소개가 이어졌다. 대학교와 마찬가지로 인기 있는 연구실과 그렇지 않은 곳이 나뉘었고, 장학금을 주거나 해외활동을 하는 연구실이 나오면 학생들이 탄성을 자아냈다.

"연구실을 아직 정하지 않았거나 교수님과 미리 연락하지 않은 학생들은 꼭 하길 바랍니다."

마지막으로 교수님의 당부를 끝으로 끝이 났다. 점심시간엔 처음 보는 몇 사람들과 같이 밥을 먹었다. 이제 입학한 학생들이 가장 관심을 가지고 있는 주제는 어느 교수님의 연구실에 갈 것인가이다. 합격했다 하더라도 연구를 계속 할 수 있는 연구실에 들어가지 못하면 논문을 쓰는 것도 힘들고, 제대로 졸업할 수도 없다. 그래서 대학원 합격 전에 교수님들을 뵙고 자신이 그 연구실에 들어갈 수 있는지 미리 여쭤 보는 게 선행이 되곤 한다. 나는 너무 급작스럽게 대학원을 준비했기에 미리 교수님과 컨택을 하지 못한 채 합격을 했다. 그래서 대구와 서울을 왕복하는 것도 만만치 않기 때문에 이렇게 학교에 온 김에 해결하자 생각했다. 점심 식사를 다 마친 뒤 미리 인터넷으로 봐 둔 관심 있는 연구실 몇 군데를 방문했다. 토익 성적, 학업 성적, 열심히 쓴 자기소개서와 학업 계획서를 들고 이 연구실에서 공부할 수 있을까를 물었다. 한 장 한 장 넘기면서 파일을 읽는 교수님의 표정을 계속 훔쳐보게 된다. 표정 또한 평가의 결과로 비춰지는 것이기에 반응을 안 할 수가 없다. 미간의 찡그림, 입가의 미소 등 교수님의 얼굴 근육 하나가 움직일 때마다 긴장이 됐고, 무슨 생각을 할지 머릿속으로 분석했다.

"다 훌륭한데 출신 학교가 좀 그렇네…. 다른 성적들은 좋으니 일단 생각해 볼게요."

나는 애써 괜찮은 척 웃으며 연구실을 나왔다. 나중에 상황이 어떻게 될지 모르겠지만 그런 말을 들었다는 것 자체로 기분이 처졌다. **이 큰 서울 바닥에서 혼자가 된 기분이다.** 명문대는 나를 한없이 기죽였고, 교수님의 그 한마디에 내가 다녔던 대학 4년의 기간이 부끄러워졌다. 괜찮다고 스스로를 위로하며 집으로 가기 위해 다시 기차를 탔다. 집으로 가는 두 시간 내내 많은 생각들이 떠나지 않았다.

'합격해서 진짜 이제부터 시작이라고 생각했는데, 어쩌면 나를 받아 주는 연구실이 없어서 못 다닐 수도 있겠구나.'

암울한 생각들이 머리를 맴돌았고, 그렇게 집에 다 와 갈 때쯤 '동대구역' 팻말이 보였다. 갑자기 눈물이 핑 돌았다. 그동안 아무 생각 없이 보아 왔던 팻말이 오늘은 괜찮다고, 고향에 다시 왔으니 마음 놓으라고 말하는 것 같았다. 밤 10시가 다 된 시간이어서 남자친구가 데리러 왔다.

"오늘 어땠어?"

"여기저기 교수님들 만나러 다니느라 너무 피곤했어."

차에 타자마자 온 힘이 빠지면서 손 하나 까딱할 힘이 없었다. 그런데 눈치 없는 남자친구의 말이 비수를 꽂았다.

"우리 누나가 그러는데 그 대학원 돈만 주면 간다던데?"

사귄다고 상대의 모습을 다 아는 건 아니다. 그렇지만 얼마나 노력하고 힘들어했는지 이 사람은 잘 알지 않을까 하는 얄팍한 기대를 했었다. 이렇게 말하는 그를 어리다고 해야 할지, 어리석다고 해야 할지…. 지칠 대로 지친 나는 그의 말에 눈물이 왈칵 쏟아졌다. 어떠한 방어도 하고 싶지 않았다. 논문을 한창 쓰고 나서 상을 탈 때 교수님이 이런 말씀을 하셨다.

"어떤 일이든 네가 하는 일을 쉽게 말하는 사람이 있다면 이렇게 말하거라. 그럼 네가 한 번 해봐."

누구나 남에 대한 평가는 하기 쉽다. 어렵게 이루어 놓은 걸 누워서 말 몇 마디로 평가하면 되니까.

다행히 교수님 한 분이 내가 마음에 든다고 하셨다. 그분은 푸근한 인상에 말씀도 따뜻하게 잘해 주셨다. 그렇지만 상냥한 말투에 카리스마가 있어 조심스럽게 느껴졌다. 교수님은 학교에 대해서는 전혀 언급하지 않으셨고, 내가 노력한 것들에 대해서만 말씀하셨다.

"공부 열심히 하고, 모르는 거 있으면 선배들한테 많이 물어보고."

그날, 그 연구실에서 가장 권력자인 박사 과정을 밟고 있는 오빠를 만나게 되었고, 하루에도 감정의 폭이 어마어마하게 왔다 갔다 하는 경험을 하게 되었다.

우아한 고시원 생활을 꿈꿨다

겨울 방학이 시작됐고, 학교 졸업까지는 두 달을 남긴 시점이다. 그런데 대학원에 입학하기 전부터 적응하기 위해 연구실에서 생활해야 한다. 입학 전이라 대학원 기숙사를 이용할 수가 없어서 입학 전까지 딱 두 달 동안만 있을 곳이 필요했다. 그래서 며칠 고민한 끝에 불편하더라도 고시원에서 생활하기로 했다.

고시원이라 하면 TV나 다큐멘터리에서 본 게 다다. TV 드라마에 보면 고시원에서 공무원 준비를 하는 설정의 인물들이 나오곤 하니까. 거긴 그래도 살 만해 보였기에 나도 그런 공간을 상상했다. 연구실 첫 출근 날이 얼마 안 남았기에 서울까지 방을 보러 가지는 못 하고 인터넷으로 연구실 앞 쪽에 있는 고시원을 검색했다. 방 크기, 창문의 유무, 개인 화장실 유무, 식사 등 여러 가지 옵션에 따라 가격이 달랐고, 대구에서 산 나로서는 서울 고시원 가격이 만만치 않아 보였다. 두 달만 버티면 된다는 생각으로 비교적 저렴한 고시원이 있기에 전화를 했다.

"여보세요. OO고시원입니다."

수화기 너머로 강원도 사투리를 쓰는 아주머니가 받으셨다.

"저… 혹시 두 달 정도 있을 건데 방 있나요?"

"예. 언제부터 있으려고요?"

예상과 달리 구수한 아주머니의 느낌에 뭔가 안심이 됐다. 서울까지 가서 확인만 하고 대구로 내려오기가 번거로워 인터넷으로 보이는 모습만 보고 판단할 수밖에 없었다. 최대한 연구실과 가깝고 가격도 싼 곳을 찾다 보니 그곳을 계약할 수밖에 없었다. 고시원 비는 한 달에 30만 원. 대구였다면 괜찮은 원룸 가격이다.

연구실 출근 하루 전, 캐리어에 짐을 싸서 엄마와 함께 서울로 향했다. 엄마도 나도 기분이 썩 좋지는 않았다. 엄마는 처음으로 딸을 타지에 보내는 거였고, 나 역시 예상이 안 되는 대학원 생활에 벌써부터 긴장을 하고 있었기 때문이다. 서울역에 도착해서 지하철을 타려고

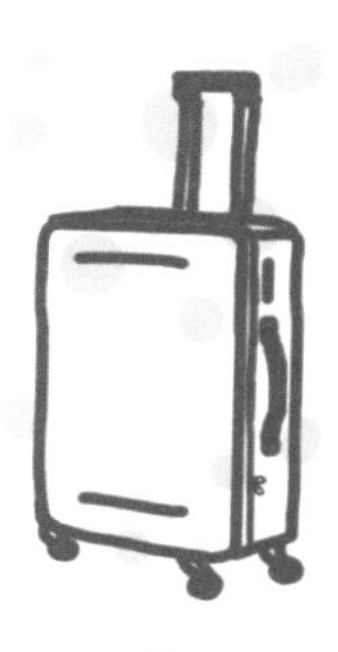

기다렸다. 딸이 힘들까 봐 엄마는 자신보다 덩치가 큰 짐을 한 가득 들고 있다.

"그래도 우리 딸이 어디서 먹고 자는지는 봐야 하지 않겠나."

서울에는 한 번도 가 본 적 없고 길도 모르는 엄마가 딸이 사는 고시원에는 가 봐야 한다고 따라나서서 두리번거리는 모습을 보니 마음이 짠했다.

가는 길도 그리 편하진 않았다. 지하철을 타고 홍대입구에 내리면 버스로 갈아타기 위해 몇 미터 걸어 올라가야 했다. 한겨울이라 살을 에는 바람이 불었다. 오들오들 떨며 고시원을 찾으니 바로 건너편에 보였다. 외관이 많이 낡은 옛날 주택을 보는 느낌이었다. 안은 괜찮을지도 모른다는 긍정적인 생각을 하며 계단을 올라갔다.

투명 유리문 안으로 앉아서 졸고 있는 아주머니가 바로 보였다. 문을 조심스럽게 열었는데 어디선가 퀴퀴한 냄새가 코를 뚫고 들어왔다. 곁눈질로도 바로 알 수 있었다. 그리 크지 않은 한 층에 문이 30cm 간격으로 줄지어 있었고, 시설이 많이 노후된 듯한 모습이다. 마주보고 있는 방과 방 사이 복도는 한 사람만이 겨우 지나갈 수 있는 넓이였다. 공용 화장실은 더 암담했다. 찬바람이 벽을 뚫고 들어왔고, 세숫대야와 꽁꽁 언 수도꼭지 앞에 변기가 있었다. 바로 옆에 샤워할 수 있는 공간이 있었는데 임시방편으로 블라인드를 설치한 느낌이다. 그래도 방이 좋으면 된다는 마음으로 방문을 열었다. 창문 없이 꽉꽉 막힌 좁디좁은 방 한 칸이 눈알을 굴릴 필요도 없이 한눈에 다 들어왔다. 앞날이 암울해지는 느낌이다. 가져온 짐을 다 풀 수도 없을 정도로 작은 방이었다. 정리를 끝내고 저녁 시간이 되니 배가 고파 왔다. 똑같은 성격을 가진 엄마와 나는 이런 상황에서 가장 죽이 잘 맞는다. 이런 기분으로 식당에 가서 밥을 사 먹는 건 전혀 내키지 않았다.

"어차피 많이 먹지도 못하는데…. 고시원에서 대충 때우자."

집에서 가져온 김이 있으니 밥이랑 김치만 있으면 한 끼는 뚝딱 해결될 듯했다. 고시원에서 제공된다고 해서 부엌으로 갔다. 두 개의 층을 더 올라가면 옥탑방처럼 간이로 지어진 공간이 있다. 그곳은 바깥과 안이라고 구분이 안 될 정도로 춥고, 냉장고와 탁자 그리고 싱크대만 덩그러니 놓여 있다. 도저히 그곳에 앉아서 먹을 수 없을 만큼 추워서 따로 가져 온 밥그릇에 밥을 담고 김치를 덜어서 다시 방으로 내려갔다. 따뜻한 집, 제대로 된 부엌에 앉아서 밥을 먹다가 갑자기 이렇게 생활해야 한다고 생각하니 우울해져 엄마와 나는 말없이 먹기만 했다.

"엄마 오늘 자고 갈까?"

딸이 많이 걱정됐나 보다.

"아니다. 침대 좁아서 같이 못 잔다. 내일 바로 연구실로 출근해야 해서 엄마 가는 길 못 챙겨 주니까 오늘 가라. 괜찮다. 내가 서울역까지 다시 바래다 줄게."

"아이다. 엄마 혼자 가도 된다. 피곤하게 왔다 갔다 할 거 없다. 왔던 거 똑같이 다시 타고 가면 되잖아. 맞지?"

진짜 제대로 길을 찾아서 갈 수 있을까 걱정됐지만 한사코 혼자 가겠다는 말에 그렇게 엄마를 보냈다. 저녁 아홉 시가 다 된 시간이라 방 정리를 마저 하고 얇은 전기장판을 침대 위에 깔고 누웠다. 그때, 엄마한테서 연락이 왔다.

'엄마 기차 탔으니까 걱정하지 말고 자.'

내일은 두근대는 첫날이다. 새로운 환경이 두렵기는 하지만 새로운 내 모습을 알게 되는 유일한 길이기도 하다. 원시 시대처럼 호랑이와 싸울 일도, 죽음을 걱정하는 일도 아니니 두려워할 필요 없다. 새로운 내가 되는 또 다른 시작이고, 그 첫발을 잘 내딛어 보자.

고시원은 딱 두 달만 견디자.

고시원에서는 헤어드라이어 못 쓰나요

눈을 떴는데 코가 너무 시리다. 전기장판을 가져온 덕에 등은 따뜻한데 방 안의 공기는 차가워서 얼굴이 시리다. 시계를 보니 8시. 첫날 지각할까 봐 깊게 잠들지 못했다. 혹시나 내가 알람을 못 들은 건 아닐까 하는 불안감에 두 시간마다 깼다. 일어나 준비를 해야 하기에 이것저것 챙겨서 화장실로 갔다. 역시나 오늘도 황소바람이 쌩쌩 들어온다.

'최대한 빨리 씻고 방으로 가자.'

수도꼭지를 온수 쪽으로 틀고 손가락 한 개를 물속에 쏙 넣어 봤다. 앗! 차가워! 얼음장 같다. 온수 쪽으로 최대한 돌리고 한참을 기다려도 온수는 나올 생각을 안 한다. 밖에 나가 보니 관리하는 아주머니도 아직 오시지 않았고, 이렇게 마냥 기다릴 수만은 없다. '평일인데 사람들은 왜 아직 일어나지도 않았지. 누군가 와야 물어볼 텐데….' 고시원이 조용하다. 아, 그렇지. 고시원은 원래 조용하지. 빨리 준비를 해야 한다는 생각에 눈 딱 감고 흐르는 물을 머리에 묻혔다. 와, 이건 아니다. 머리가 꽁꽁 얼어 버리겠다. 이런 느낌은 또 처음이다. 머리가 띵해지고 아무 생각이 안 났다. 머리를 감을수록 머리카락의 물이 어는 느낌이었다. 그렇게 모든 감각을 죽이고 머리를 감고 샤워를 마쳤다. 정말 미칠 것 같았다.

서둘러 수건으로 머리를 동여매고 얼른 방으로 들어가려고 문 손잡이를 돌리는데 철컥. 뭐지? 문이 안 열린다. 아차. 밤에 누가 들어올까 무서워서 문을 잠그고 잤다. 그런데 하필 똑딱이 문이라 그 상태로 문을 열고 닫아서 안에서 잠겨 버린 것이다. 시간은 계속 흐르고 달리 방도는 없으니 밖에서 기다릴 수밖에. 출근이 9시 반까지인데 9시가 다 되도록 아주머니가 안 오셨다. 환장할 노릇이다. 얼음장 같은 물에 씻고 벌벌 떨면서 나왔는데 방문이 잠겨서 첫날부터 지각할 노릇이라니…. 9시가 조금 넘자 아주머니가 오셨다. 재빨리 문을 열어 달라고 한 뒤 방에 들어가서 정신없이 머리를 말리고 화장하고 옷을 입고 뛰어나갔다. 다행히 연구실까지 10분이면 도착할 수 있다. 일찍 준비하고 밥 먹고 출근하려고 했는데…. 일이 다 틀어져 버렸다.

간신히 9시 반에 도착했는데 아직 아무도 오지 않았다. 다행이다 생각하고 멀뚱멀뚱 문 앞에 서 있는데 연구실 사람이 등장했다.

"안녕하세요. 저 이 연구실에 오늘 처음 출근하게 됐어요."

"아, 사람들이 아직 다 안 왔어요. 10시까지라서…."

'뭐야, 박사 오빠가 좀 더 일찍 오라고 30분 일찍 말했나 보다. 지각하는 줄 알았네.'

그 사람을 따라 연구실 안으로 들어가니 대학에 있었던 연구실과는 크기가 달랐다. 대학교 연구실은 독서실처럼 책상 바로 옆에 또 책상이 있었는데 이곳은 책상들이 떨어져 있어서 개인의 공간이 조금 여유로웠다. 컴퓨터 모니터도 두 대씩 있었고, 모든 조건들이 대학보다 나았다. 사람들이 한 명씩 도착했고, 10시가 다 되자 박사 오빠가 등장했다.

"아, 네 자리는 여기야. 컴퓨터에 프로그램이랑 다 세팅되어 있을 거야."

다만, 내 자리가 박사 오빠 바로 앞자리라는 게 부담스러웠다. 조금만 고개를 들면 내가 컴퓨터로 뭘 하는지 다 볼 수 있다. 그렇지만 제일 어린 내가 불만을 가질 수는 없지. 자리에 앉아 딱히 할 일이 없어서 가져온 책을 폈다. 박사 오빠가 추천해 준 전공 서적이라 무슨 말인지도 몰랐지만 꾸역꾸역 소화하려고 애썼다. 다들 바빠서 인사를 하는 둥 마는 둥 하고 각자 할 일을 했다. 나만 그저 뻘쭘했다.

'제발 누군가 일이라도 줬으면 좋겠다.'

연구실에는 총 아홉 명의 사람들이 있었는데, 각자 자신의 논문과 연구를 진행했다. 하루에 이루어지는 대화는 점심시간 때뿐. 카리스마 있고 조금은 무서운 박사 오빠 탓에 연구실 전체적 분위기가 그렇게 잡혀 있어서 늘 긴장감이 맴돌았다.

첫날은 분위기 파악도 하고 적응을 하며 보내고, 일곱 시가 되어서야 고시원으로 돌아왔다. 딱히 한 건 없었지만 긴장을 많이 하고 눈치를 봐서인지 온 몸에 힘이 쫙 빠졌다. 도착하자마자 침대에 누웠다. 그때, 누군가 문을 두드렸다.

"저 고시원 관리하는 사람인데요~."

잠겨 있던 문을 열었다. 아주머니가 아주 작은 목소리로 속삭이듯 말했다.

"아침에 헤어드라이어 썼죠?"

"아 네. 썼어요."

"옆방 시끄러우니까 헤어드라이어는 안 썼으면 좋겠다고 하네요."

이게 무슨 말인가. 고시원에서는 그 정도 기본 생활도 못 누리는 건가. 창문도 없는 고시원 방에서 축축한 머리는 그냥 자연적으로 마르게 놔두라는 건가. 너무 당황했지만 알겠다고 대답하고 문을 닫았다. 그런데 생각해 보니 내가 왜 그 말을 듣고 불편을 감수하며 살아야 하는지 이해가 안 됐다. 그래서 나는 그에 굴하지 않고 매일 헤어드라이어를 사용했다.

고시원에서의 불편함은 여기서 끝이 아니었다. 한번은 자고 있는데 어떤 여자의 비명소리가 들렸다. 계속되는 소리에 눈이 떠졌고, 시계를 보니 새벽 세 시였다.

"내가 여기 돈 내고 산 지가 얼마나 됐는데 날 이렇게 취급하면 안 되지! 이거 놔!"

"네가 맨날 술 먹고 꼬장 부리고! 다른 손님들한테 피해를 주니까 그렇지. 제발 정신 좀 차려!"

"피해? 나한테 손대지 마! 네가 뭔데 손을 대. 나 한때는 학교 선생님이었어! 왜 이래!"

"방에 술 병 봐라. 내가 방 안에서 술 마시지 말라고 했지. 너 때문에 시끄럽다고 항의하는 사람이 한둘이 아니야."

"내가 나가면 되겠네!"

주인 아저씨와 세입자 사이의 싸움이었다. 무슨 사연으로 선생님을 하다가 이렇게 거리에 나앉았는지는 모르겠지만 너무 무서워서 문을 꼭 잠그고 침대에 누워 숨을 죽이고 있었다.

두 사람이 실랑이를 벌이다가 내 방 문을 툭 하고 건드릴 때면 온 몸에 소름이 돋았다. 어른들의 싸움은 어릴 때나 지금이나 공포감을 준다. 그저 이 사태가 빨리 끝나기를 바랐다. 이 아줌마의 난장판은 끝이 없어서 결국 경찰이 출동했고, 경찰의 연행으로 끝이 났다.

고시원에 살아 보니 TV에 비춰지는 고시원과는 다른 현실이 펼쳐졌다. 흔히들 학생이나 시험 준비를 하는 사람들이 산다고 생각하는데, 미디어에서 그렇게 비춰진 일이 많기 때문이다. 그러나 내가 본 진짜 세상은 방세를 낼 수 없어서 싼 고시원에서 생활하는 중년층의 사람들이 대부분이었다. 나의 첫 서울 풍경의 모습은 그러했다. **서울살이는 힘들었고, 사람들은 차가웠고, 날씨는 춥고, 분위기는 암울했다.**

대학원 자퇴를 결심하게 만든 선배의 한마디

고시원에서 연구실까지 가는 길은 시골 풍경의 오르막길이다. 학교 뒷길로 가는 지름길이라 항상 꽁꽁 언 길을 구두를 신고 올라간다. 키가 작기에 어떠한 상황에도 구두를 포기할 수 없다. 서울의 날씨가 대구보다 더 춥기에 두꺼운 옷으로 꽁꽁 싸매도 체감온도는 춥다. 손이 꽁꽁 언 상태로 연구실에 도착하면 밤을 꼴딱 샌 오빠들이 부스스한 얼굴로 고개를 들어 쳐다본다.

"벌써 시간이 이렇게 됐어? 집에 가서 씻고 와야겠다."

나는 히터를 틀고 자리에 앉아서 오늘 검사 맡을 과제를 정리한다. 무슨 공부부터 시작해야 할지 몰라서 헤매는 나에게 박사 오빠가 과제를 내줬다.

"이 논문 다 읽고 이해한 대로 PPT로 정리해서 나한테 보여 줘."

10쪽짜리의 영어 문장들을 해석하는 데만 꼬박 이틀이 걸렸다. 한국어로 적혀 있어도 이해가 안 되는 연구를 어려운 용어들이 즐비한 영어 논문으로 이해하려고 하니 여간 힘든 게 아니다. 해석을 했다 하더라도 내가 바르게 이 연구를 이해하고 있는지도 미지수다. 일주일의 시간을 줬기에 내가 할 수 있는 만큼 최대한 노력했고, 틀렸다 하더라도 어쩔 수 없다.

"이건 무슨 뜻이야? 이 화살표는 방향이야, 속도야? 위로 간다는 거야, 아래로 간다는 거야, 아님 모인다는 거야?"

머릿속이 복잡하다. 확실히 모르겠다. 머릿속에 정확한 정보보다는 대강 이렇지 않을까 정도로만 이해했나 보다.

"논문 제대로 읽은 거 맞아?"

이렇게 혼나는 나날들의 연속이었다. 프로그래밍 과제를 주면 누군가의 도움을 받아야 했고, 도움을 받아도 완벽히 이해하지 못해 설명하려고 할 때면 말문이 막혔다. 대학생 때 나의 아킬레스건이었던 프로그래밍이 여기서 내 발목을 잡았다. 그렇지만 이런 건 다 괜찮다. 더 큰 문제가 있다. 내가 좋아하는 공부였다면 이렇게 괴롭지는 않았을 거다. 하루하루 공부하는 게 막막했고, 그 다음 날이 오는 게 괴로웠다. 혼나는 날들이 지속되다 보니 내가 해내지 못할 거라는 생각에 빠졌다. 혼날까 봐 눈치 보고 피곤해서 집에 가고 싶어도 과제를 다 못 끝내면 밤을 새야 하는 등 내 삶을 내가 통제하지 못하고 있었다. 행여 교수님의 눈밖에 날까를 걱정했고, 주어진 과제를 해내도 박사 오빠에게는 성에 차지 않을 거라는 생각이 들었다. **내내 다른 사람에게 맞춰 나의 생각이 움직였다.**

혼나거나 주어진 일을 다 못 하는 날이면 밤을 새기도 했는데, 그런 일이 잦았다. 그러다 보니 스트레스는 쌓여 갔고, 매일 외식하며 몸에 안 좋은 음식만 먹다 보니 그렇게 건강하지 않았던 몸에 적신호가 켜졌다. 원래 안 좋았던 부위가 더 안 좋아진 게 느껴졌다.

'**이렇게 살려고 대학원에 온 건 아닌데.** 내가 진짜 노력한다고 여기서 더 나아질 수 있을까? 내가 이렇게 2년을 버틸 수 있을까? 이러다 정말 건강이 더 나빠지는 건 아닐까?'

혼자서 고민한다고 될 일이 아니었다. 그래서 1년 석사 과정을 밟고 있는 같은 연구실 오빠에게 상담을 요청했다. 이 오빠는 원래 IT 관련 학부생이 아니었다. 수학과를 졸업했지만 그쪽으로는 달리 취업 길이 보이지 않아 컴퓨터 공학으로 과를 옮겨서 대학원에 진학했다고 했다. 그래서 그런지 박사 오빠에게 많이 혼나기도 하고, 공부를 힘들어하는 모습이 계속 내 눈에도 보였다. 교수님 앞에서 발표할 시즌이 다가오면 밤을 새는 건 당연하고, 어떤 일 하나를 하는데도 끙끙대는 모습이 그저 안타까웠다.

사실 연세대 수학과라고 하면 공부를 엄청 잘했을 거라 생각한다. 친척들, 주변 지인들도 얼마나 부러워하고 칭찬을 해 왔겠는가. **그렇지만 명성만 가지고는 이 세상을 살아가기 힘들다는 걸 빨리 깨달은 걸까.** 컴퓨터 공학이 그나마 취업이 잘 된다는 세간의 소문이 있다. 맞는 말이긴 하지만 그만큼 높은 수준의 지식이 필요한 것도 사실이다. 그래서 그런지 이 학과에는 다른 과에서 공부하다가 대학원생이 되어서야 옮긴 사람도 많다.

그런데 왜일까. 이 오빠를 보면서 내가 나중에 저 모습이 될 거라는 느낌이 왔다. 해도 해도 늘지 않는 연구와 쓸 때마다 어려운 논문, 같은 시간을 투자해도 다른 사람만큼 앞서 나가지 못하는 모습이 꼭 지금의 나를 보는 것 같았다. 남들은 노력하면 된다고 말하지만 자신은 안다. 이건 해도 안 될 거라는 것을!

바쁜 시간을 쪼개서 공부하는 사람에게 공부가 힘들 때는 어떻게 하냐, 지금 하는 일은 만족하냐, 이런 피상적인 질문을 하고 싶지는 않았다. 대답은 뻔하기에. 그래서 더욱 근본적이고, 내 결정에 도움이 될 수 있는 질문을 하기로 했다.

"이 공부가 잘 맞지 않는데도 왜 계속 대학원에 다녀요?"

오빠는 고개를 푹 숙인 채 한동안 말이 없었다. 그가 생각을 정리할 동안 나는 옆에 가만히 앉아서 물끄러미 쳐다봤다. 재촉하고 싶지 않았다.

이윽고 오빠는 고개를 들었고, 아래로 늘어져 있던 안경을 콧대에 반듯하게 세우고 말했다.

"이거 아니면 다른 거 할 게 없어서…."

나는 아무 말을 못 했다. 위로의 말도, 힘내라는 말도, 그 어떤 말도 오빠의 기분을 달래 줄 만한 적당한 말이 아니었기에…. 어쩌면 내가 애써 감추고 있던 생각을 오빠의 입으로 뱉게 했는지도 모르겠다. 나도 사실은 고민하면서도 선뜻 결정을 내리지 못했던 이유가 무서웠던 거다.

'내가 여기를 나가면 뭘 할 수 있을까?'

헛된 꿈은 빨리 정리하자

그렇게 풀이 죽은 상태로 한 달이 지났고, 설날이 다가왔다. 큰 명절이기에 대구로 내려가기 위해 서울역으로 향했다. 고향에 내려가려는 사람들이 빽빽하게 줄 서 있었다. 몇 안 남은 자리를 차지하기 위해 혹시라도 자리가 빌까 의자에 앉아서 예약 어플을 보기도 하고 줄을 서서 창구 안내원에게 자리가 있으면 바로 예매해 달라고도 했다. 결국 입석을 끊어서 KTX에 올라탔다. 입석을 예매한 사람들도 많았기에, 곳곳 통로 칸에도 서 있을 자리가 거의 없었다. 다행히 몸이 가벼운 편이라 짐칸에 올라가 걸터앉았다. 두 시간만 버티면 도착이니까 괜찮다. 하지만 한 달 만에 가족들을 보러 가는 건데도 기쁘지가 않았다.

집에 도착하니 새벽 2시가 다 되었다. 오랜만에 집에 온 딸을 본 엄마의 얼굴에는 기쁨 반 걱정 반이다. 좋은 학교에 들어간 건 기분 좋지만, 매일 힘들어하는 딸을 보면서 마음이 아프다고 한다. 있는 그대로의 감정들을 얘기하는 편이라 그동안 전화로 힘들다는 이야기를 했었다. 딸에게 거는 기대가 컸을 거라고 생각한다. 좋은 학교에 다니니까 앞으로의 인생은 걱정하지 않아도 되겠지라고. 그런 기대를 깨고 싶지 않았지만 그래도 부모님이라면 나의 행복을 더 바라겠지. 나는 오랫동안 고민해 왔던 이야기를 꺼냈다.

"엄마, 나 여기 계속 다녀야 할까? 여기 그만두면 나는 낙오자가 되는 걸까?"

엄마는 이미 예상했다는 듯이 이불을 끌어당겨 목까지 덮어 줬다. 나는 아기가 된 것처럼 눈시울을 붉히며 누워 있었다.

"일단 늦었으니 푹 자고 일어나서 다시 생각해 보자."

고시원 좁은 방 안에서 덜덜 떨며 자다가 집다운 집에 향기좋고 편안한 내 방 침대에 누워 있으니 그저 행복했다.

다음 날 아침, 오랜만에 늦잠을 자고 일어났다. 거실로 나가니 엄마가 녹차를 마시며 앉아 있었다. 부스스한 얼굴로 엄마 옆자리에 앉아 눈을 감고 의자에 기댔다.

"엄마가 생각해 봤는데…."

이렇게 빨리 생각 정리가 끝난 건가 싶어 눈을 번쩍 뜨고 엄마를 쳐다봤다.

"네가 매일 힘들어하고 울고 하는 거 다 알지. 그렇게 하기 싫고 힘든 거 억지로 하면서 살 필요 없어. 거기 안 다닌다고 해서 인생 망하는 것도 아니고. 그러니까 진짜 네가 하고 싶은 일을 하면서 살아."

마음의 모든 짐을 내려놓는 기분이었다. 한편으로는 내가 이곳을 나와서 뭘 할 수 있을까 하는 걱정도 됐지만 그래도 이렇게 사는 건 정말 아니라는 생각이 들었다. 다시 서울로 가서 며칠을 더 고민한 뒤에 교수님과 박사 오빠에게 건강 때문에 더 이상 대학원을 다니지 못하게 됐다고 했다. **대학원에 합격하고 기뻐한 지 두 달 만에 나는 자퇴서를 제출했다.**

그렇게 짐을 싸고 나오는데 그제야 학교의 멋진 풍경들이 보였다. 학과 옷을 단체로 맞춰 입은 새내기들, 학교의 푸릇푸릇한 나무들, 숲 가운데 길을 걸으면 솔솔 풍겨 오는 나무 냄새. 마음이 너무 촉박해서 안 보였던 것들이 눈에 들어오면서 이 학교가 참 아름다운 곳이구나 생각했다.

매번 무섭기만 했던 박사 오빠가 마지막 날엔 부드럽게 이야기했다.

"그래도 이제껏 연구실에 들어왔던 애들 중에서 네가 제일 마음에 들었어. 열심히 노력하고, 성격도 좋고, 착하고. 무슨 일

있거나 도와줄 일 있으면 언제든 말해. 내가 도와줄 수 있는 건 다 도와줄게."

이 말이 얼마나 든든한지. 도와줄 일이 없더라도 나중에 사이가 서먹해져서 연락하기가 껄끄러워질지라도, 언제든 도움을 요청하라는 말은 든든한 백이라는 사실에 힘이 났다. 두 달밖에 같이 지내지 않았지만 무섭고도 든든한 박사 오빠를 난 영영 잊지 못할 것이다.

지금도 부모님과 산책을 하거나 차를 마시면서 대화할 때 대학원 시절 이야기가 가끔 나오곤 한다. 그러면 나와 부모님은 이구동성으로 이야기한다.

"대학원 자퇴하길 진짜 잘했다!"

에필로그 ——

나를 위로해 주는 건 두 손뿐

숨을 못 쉴 정도로 울어 본 적 있는가?

남자친구와 나는 결국 헤어졌다. 대학원 합격 후 거리상으로도 서울과 대구는 많이 멀었지만, **실상은 우리의 마음의 거리가 더 멀었던 거다.** 대학원 입학 전 3박 4일 동안 나는 혼자 해외로 여행을 떠났다. 헤어짐의 아픔을 정리하고 새로운 출발을 위한 의식을 핑계 삼아. 낮에는 관광지를 구경하고 저녁이 되면 호텔 방으로 돌아왔다. 무슨 기분인지는 모르겠지만 알 수 없는 우울감에 휩싸인 채로 씻고, 로션을 바르고 침대에 누웠다. 그렇게 나의 울음이 시작됐다. 한 방울, 두 방울 흐르던 눈물은 엉엉 소리를 내며 터져 나왔다. 진짜 이렇게 울다가는 숨을 못 쉬어서 죽을 수도 있겠다라는 생각이 들었고, 그 생각에 일부러 크게 숨을 쉬었다. 의식해서 숨을 쉬었다. 뭐가 그렇게 슬

펐을까. 나는 뭘 그렇게 잃어서 애달프게 울었을까. 그날 밤 혼자 누워 있는데 그 슬픔을 오롯이 견뎌낼 자신이 없었다. 그렇다고 그 슬픔을 누구에게 말할 곳도 없었다. 내가 그때 가지고 있는 거라곤 두 손뿐이었다. 살기 위해 한 손으로는 심장을 움켜잡고 다른 한 손으로는 내 머리를 쓰다듬었다. **괜찮아. 괜찮아.** 마치 누가 나의 머리를 쓰다듬어 주듯이. 그렇게 그날 밤을 버텼다.

내가 이제껏 받았던 모든 상처들을 돌이켜 봤다. 특히 연애를 하면서 받았던 상처들에 대해서. 어쩌면 그 상황을 충분히 피할 수 있었을지도 모른다. 힘들면 먼저 이별을 말할 수도 있었을 거다. 그런데 그러지 않았다. 상대가 상처를 주는 모든 일들을 감수했다. 돌이켜 보면 나는 딱 그만큼만 나를 위했던 거다. 나를 그만큼만 아꼈던 거다. 내가 상처받을 걸 걱정하지 않았고, 그만큼의 가치로 매기지 않았다. 나를 방치해 둘 뿐이었다.

예전에는 나를 이렇게 불행하게 만든 건 상대 때문이라고 생각했다.

'네가 나를 이렇게 상처 입힌 거야.'

처음 한두 번은 상대의 잘못이 맞다. 그런데 반복되는 할퀌에도 결국 옆에 끝까지 남아서 상처받기를 선택한 건 나다. 그래서 누구를 원망할 수도 없다. 내가 나를 상처 입도록 놔둔 거니까. 그러니 남이 뭐라고 하든 내가 나를 먼저 지켜야겠다는 생각을 했다.

상처를 받아도 괜찮다. 마음이 아파도 괜찮다. 그럴 수 있다. 그러나 그 후에 취해야 할 행동은 그곳에서 나를 빼내는 일이다. 수많은 이별과 마음의 상처를 겪으면서 생각한 건, 마음이 아픈 건 마음이 깨지고 있기 때문이라는 거다. 잘못된 마음은 깨져야 한다. 깨졌다가 다시 붙어야 새로운 모양으로 다시 새로운 사람을 받아들일 수 있다. 그렇지 않으면 그 마음은 영원히 그 자리에 그 모양으로 그 사람을, 그 상처를 영영 잊지 못할 거다.

한없이 우울한 마음이 들 때는 이렇게 나를 달랬다. 나는 어차피 상처를 딛고 나중에 행복해질 사람이다. **그러니 슬퍼하지 말고 미래를 앞당겨서 행복해지자.**

2장

세상이 내 기를 죽일 때 맞서는 법

포기하면 새로운 길이 열린다

몸과 마음이 이미 망가진 느낌이다. 자퇴를 하고 집으로 왔지만 아직은 내 상황이 낯설었다. 딱히 계획 같은 건 없이 나왔기에 뭘 해야 한다는 생각이 없었다. 다른 일을 얼른 찾아야겠다는 조바심이 일긴 했지만, 우선 인생에서 큰 결정을 내린 지치고 힘든 마음을 달래 줄 시간이 필요했다. 가족 모두 바삐 집을 나가고 텅 빈 집에서 내가 할 수 있는 일은 책을 읽는 것뿐이었다. 집 앞 도서관에서 자기계발 서적들은 빌려 왔다. 그리고 하루 종일 침대에 누워 책을 읽었다.

이때 읽었던 책 중 아직도 생각나는 책이 사이토 다카시가 쓴 『내가 공부하는 이유』이다. 공부를 하고 있거나 어떤 능력치를 키우고자 할 때 어떤 마음자세로 시작해야 하는가를 말해 준다. 대학원 공부가 왜 하기 싫었는지, 자퇴할 수밖에 없었는지에 대한 모든 해답을 이 책을 통해 얻었다. 그중 '공부'에 관해 가장 다르게 생각하게 된 문구가 있다.

'당연한 것에 질문을 던져 낯설게 보는 것이 공부다.'

그동안 공부가 뭔지 생각한 적이 없었다. 늘 시험을 위해 달렸고, 누군가에게 인정받기 위해 공부를 했다. 내 안에서 우러나와 공부한 기억이 없다. **미래를 준비하는 공부가 아닌 정말 하고 싶어서 하는 공부를 해야겠다는 결심을 했다.** 그래서 다음엔 어떤 일을 하면서 살아야 할지에 관한 책들을 모조리 찾아서 읽었다. 그리고 처음으로 진지하게 '어떤 길을 가야 행복할까?' 고민하기 시작했다.

노트를 폈다. 내가 좋아하는 행동을 왼쪽에 쓰고, 내가 잘하는 행동을 오른쪽에 썼다. 그리고 중간에 구분 짓는 선을 세로로 쫙 그었다. 평소에 이런 생각을 해보지 않았다면 한 개를 쓰는 것도 여간 힘든 게 아니다. 내가 잘하는 건 아직 뭔지 확실히 모르겠다. 잘하는 게 있을 수도 있지만, 남들과 비교해 봤을 때 내가 그걸 잘한다고 할 수 없는 정도였기 때문이다. 그래서 어차피 지금 잘하는 게 없는 '무'의 상태라면 좋아하는 것 중에 하나를 시작해 보자 싶었다.

좋아하는 것이라…. 사실 생각해 보면 성인이 돼서 어떤 것을 딱히 좋아했던 기억이 없다. 그저 해야 하기 때문에 한 일이고, 미래에 좋다고 하니 해 놓은 것뿐이다. 그래서 그런 생각이 전혀 묻지 않은 시절의 내가 좋아했던 것들을 들여다보기로 했다. **세상에 재미있는 것들이 가득했던, 뭐든지 될 수 있을 거라고 자신만만해했던 나의 어린 시절.** 누구나 이런 시절이 있지 않은가.

그렇게 생각하니 나는 좋아했던 것들이 참 많았다. 아직 풀리지 않은 고대 언어가 신기해 책을 보면서 고대 이집트어를 영어처럼 공부하기도 했고, 하루 종일 친구들에게 보여 줄 연애 소설을 만드는 데 여념이 없기도 했다. 생각해 보면 이때는 이것을 해서 돈을 벌겠다든지 보상 같은 건 바라지 않고 그저 좋아서 자발적으로 한 행동이다.

나이가 들어가면서 미래를 생각하다 보니, 이런 행동들은 엄두를 못 내게 되고, 그러니까 좋아하는 일을 찾을 생각을 접게 되고, 어떤 한 분야에서 소위 '덕후'가 되지 않는 것이다. 이렇게 보니 우리가 '오타쿠'라고 말하는 사람들은 용기 있고, 우리보다 더 행복한 삶을 살고 있는 게 아닌가 하는 생각이 들었다.

어린 시절로 조금 더 깊이 들어가 봤다. 그중에서도 내가 좋아했던 이유들을 관찰했다. 고대 이집트어 같은 것들은 단순 호기심이었을 뿐이다. 그런데 글 쓰는 것은 그렇지 않았다. '이야기'라는 자체가 흥미로웠고, 창조해내고 싶었다. 그래서 영화를 많이 보았다. 흔히 코믹이나 로맨스물을 많이 보곤 하는데 엄마의 영향을 받아서인지 〈흐르는 강물처럼〉, 〈포레스트 검프〉 같은 인생 이야기가 좋았다. 그래서 한때 의미 있는 영화를 만드는 감독이 되고 싶었다.

'그래, 이거다! 영화 시나리오를 먼저 쓰자.'

그런데 어디서부터 시작을 해야 할지 모르겠다. 아는 지인도 없었고, 전공한 것도 아니고, 영화에 대한 지식도 아예 없는 상태였기 때문이다. 무작정 시나리오를 쓴다고 될 일도 아닌 듯했다. 그래서 우선 영상을 다루는 세계에 들어가야겠다고 생각했고, 영상에 대한 기본 지식이 있어야 하니 학원부터 찾았다. 그냥 취미로 공부하는 사람을 대상으로 하는 곳은 제외하고 취업이나 전문적으로 공부하길 원하는 사람들이 찾는 곳을 선택하려고 했다. 인터넷에 대구에서 제일 좋은 영상 학원이 어딘가를 찾아보니 학원 몇 군데가 나왔다. 그중에서 가장 세련된 외관과 홈페이지를 가지고 있는 학원을 골랐다. 이 학원이 훗날 나에게 커다란 영향을 끼칠 거란 걸 그땐 미처 몰랐다.

머뭇거리는 성격이 아니기에 다음 날 바로 학원으로 찾아갔다. 학원은 대구에서 젊은이들이 가장 많이 찾는 동성로에 위치해 있어서 찾기 쉬웠고, 집에서 10분만 버스를 타면 됐기에 가까워서 좋았다. 그리고 나름 시스템도 체계적이었고, 강사가 아닌 '멘토'라고 불리는 수업을 짜 주고 관리해 주는 사람이 따로 있었다.

"저는 영화감독이 되고 싶은데 지금 할 수 있는 게 없어서 기획이나 연출 같은 걸 먼저 공부해 보고 싶어요. 여기도 그런 커리큘럼이 있나요?"

"기획이나 감독 같은 건 영상을 만들 줄 아는 사람이 나중에 총괄하는 것이기 때문에 일단은 영상 만드는 회사에 들어가서 일을 해보는 게 좋을 것 같아요."

그러고 보니 그랬다. 지금 바로 직진으로 갈 수 있는 길이 아니라면, 조금 돌아가더라도 경험을 해보자 싶었다. 영상을 계속 배우고 발전시킬 수 있는 가장 좋은 길은 취업을 해서 일을 하는 거다. 혼나고, 피드백을 받으면서 가장 빠른 기간 내에 퀄리티를 향상시킬 수 있기 때문이다. 피드백도 없이 독학하면서 성장하는 데에는 한계가 있다는 걸 이미 많이 겪어 봐서 알기에 학원을 다니기로 했다.

학원을 나가기 전 그분은 내게 한 회사의 홈페이지를 열어 보여줬다. 어두운 밤, 환하게 불이 켜진 모던한 느낌의 회사건물이 우뚝 서 있고, 건물 위 간판에는 **'SEOULVISION'**이라고 적혀 있었다. 처음 보는 회사다.

"이 회사는 TV 광고를 만드는 회사인데 우리나라에서 제일 유명하고 좋은 회사예요. 그런데 그만큼 들어가기 힘들죠."

그때 처음 든 생각은 전공자도 아닌데 내가 이런 곳에 갈 수 있겠나였다. 그건 마치 프로그래밍을 전공하지 않았는데 네이버 개발팀에 신입으로 들어가는 느낌이랄까? 이런저런 생각 끝에 영화나 광고회사에서 많이 사용하는 3D 영상에 대한 커리큘럼을 진행하기로 했다.

정말 아무것도 모르는 분야에 도전하는 것이다. 프로그램도 익혀야 하고, 영상에 관한 지식들도 하나씩 쌓아야 한다. **새로운 인생이 시작되는 기분이었다.** 이제껏 포기했던 모든 것들에 대한 후회, 나약함 등은 그만 생각하기로 했다. 그런 것들이 나에게 다른 양분으로 올지도 모르니 그 시간들을 후회하지는 말자. 그때가 아니었으면 이렇게 성숙한 내가 없었을 것이기에. 대학원을 자퇴해서 이런 큰 결심을 하게 되었으니, 한편으로는 고맙기도 하다.

어떤 일이든 쓸모없는 일은 없다. 의미 있게 다음 일에 적용하느냐, 낙담만 하고 자책하느냐는 개인의 몫이기에.

내 작품이 초라해서 나도 초라했다

학원을 다니기로 한 후부터 학원 수업을 들으러 가거나 집에서 배운 걸 복습하는 데 대부분의 시간을 썼다. 모든 것들이 새로워서 복습만 해도 하루가 훌쩍 가 버린다. 컴퓨터를 가지고 프로그래밍만 해봤지 포토샵이라든지 마야라든지 예술과 관련된 프로그램은 써 본 적이 없었다. 공대생 출신이 예술을 하려니 얼마나 어색하고 힘들겠는가.

그렇지만 각자 어떤 각오로 학원에 왔는지는 수업 중반부에 갈수록 알게 된다. 강의실을 꽉 채웠던 첫 수업의 모습은 온데간데없고, 텅 빈 의자들이 강의실을 채우고 있다. 복습을 하지 않거나 한 번씩 빠지던 게 돌이킬 수 없게 되거나 숙제를 안 해 오는 등 대부분이 진도를 따라가지 못한 채 낙오가 된다. 안

타까워할 필요도 없다. 그 사람들도 이 수업에 대한 간절함이 딱 그만큼이었을 테니 말이다. 또 다른 길을 찾아갈 거라 생각한다. 그러나 나는 그렇게 안일하게 돈을 주고 학원을 다닐 수 없었다. 과제가 있으면 밤을 새서라도 완성해 갔고, 강사님의 피드백을 받고는 다시 수정하곤 했다.

그렇게 10개월 정도를 학원에서 보냈다. 대학을 졸업하고 나면 보통 스펙을 다 쌓아 놓은 상태에서 자기소개서를 쓰거나 면접 준비를 하곤 하는데 취업을 위해 10개월 정도의 시간을 쏟아야 한다는 사실이 조급하긴 했다. 그 뒤에 서류를 준비해서 면접을 다니고 취업할 때까지 또 얼마나 시간이 걸릴지 모르니 말이다.

그런 생각으로 괴로울 때면 미하엘 엔데의 『모모』 속 도로 청소부 베포가 모모에게 전해 주는 이야기를 떠올리곤 한다. 도로가 너무 길어서 도저히 비질을 해낼 수 없고, 그저 까마득히 멀고 아득하게 느껴질 때, 한꺼번에 전체를 생각하지 말고 바로 앞에 해야 할 일만 생각하라는 말. 그러면 일하는 게 즐겁고, 그렇게 즐거운 마음으로 한 걸음 한 걸음 나아가다 보면 어느새 목표를 달성하게 된다는 내용 말이다.

하루하루를 열심히 사는 것. 그게 가장 중요하다는 걸 매번 상기하지 않으면 항상 포기를 생각하게 된다. 그렇게 하루하루 과제를 하면서 열심히 살아가던 중, 뜻밖의 일이 생겼다.

역시나 과제가 있어서 밤을 새면서 열심히 컴퓨터 작업을 했다. 정말 이 숙제를 해 갈 수 있을까, 작업하는 내내 의심하고 다짐하기를 몇 번. 드디어 피드백을 받는 시간이 왔다. 두근두근. 강사님이 내 작업을 어떻게 판단할지 궁금했다.

물론, 과제를 한 사람은 수강생의 반도 안 된다. 한 사람 한 사람 작품에 대한 피드백을 하고 난 뒤 내 차례가 왔다. 내가 만든 작품이 큰 화면에 떡하니 떠 있으니 민망했다. 정말 벌거벗은 기분이 이런 걸까. 잠깐의 정적이 흘렀고, 강사님이 드디어 입을 열었다.

"민지 씨, 이 그림 다른 사진들 보고 참고했어요?"

내가 뭘 잘못했나, 하는 생각에 당황했다.

"아, 아니요. 그냥 제가 예쁠 것 같은 느낌대로 구도 잡았는데…."

"아 그래요? 구도 잡을 때 다른 그림들도 참고하면 좋아요. 혼자 했다고 하면 구도를 되게 잘 잡았는데? 구도는 무조건 예쁘면 되거든요. 잘했어요. 구도나 연출 쪽에 소질이 있는 것 같아요."

이날 얼마나 기뻤는지 모른다. 살면서 공부 잘한다는 소리는 많이 들었지만 정작 내가 하고 싶은 일에서 칭찬을 받기는 오랜만이었다.

열심히 한 내 자신이 너무 뿌듯했다. 사실 강사님 눈에 **아직은 햇병아리 실력일지는 몰라도, 그 새싹을 발견했다는 사실만으로도 기분이 좋았다.** 예술 쪽에 관련된 능력을 발휘해야 할 때면 나는 항상 움츠러들었다. 아마 작곡 공부를 했을 때, 나의 능력을 의심하면서 포기했던 순간들이 잠재되어 있었는지도 모르겠다. 그래서 조금만 못 해도, 실력이 안 늘어도 자꾸 주눅이 들곤 했다. 그런데 이런 작은 칭찬 하나에 내 마음이 다시 춤추기 시작했다.

'아, 나는 이런 걸 좋아하고 재미있어 하는구나. 더 잘하고 싶다.'

지금 그 강사님에게 그때 일을 기억하냐고 물어보니 기억이 안 난다고 하신다. 그분은 기억을 못 하지만 그 작은 칭찬에 나는 내 앞날을 정했다. 그리고 내가 가진 능력을 함부로 낮추지 않겠다고 마음먹은 뒤에 한 번 더 나의 능력을 깨닫게 된 사건이 있다.

여러 수업이 있었지만 그중 가장 기대감이 있었고 열심히 들었던 수업은 '스토리보드'였다. 이야기를 만들고 이를 만화처럼 그림으로 표현하는 수업이다.

그림을 그리는 게 필수인데 나의 콤플렉스 중 하나가 그림 그리기다. 초등학생 때 이후로 도무지 나아지지 않는 그림 실력이 항상 부끄러웠는데, 정말 말 그대로 초등학생이 그린 느낌이다. 여자아이를 그리려고 하면 양 갈래 머리에 T자 모양의 셔츠, 타원형 신발, 직사각형의 다리, 치마는 사다리꼴. 이 수준에서 벗어나지 못하고 있다.

세 번째 수업 시간이 왔고, 첫 과제가 생겼다. 간단한 이야기로 스토리보드를 그려 오는 것. 이야기는 금방 지어냈는데 문제는 그림이었다. 컴퓨터로 밤새 그림을 그렸지만 초등학생이 그렸다는 느낌을 지울 수 없었다. 그래도 완성은 해 가야 한다는 생각에 열심히 마무리하고 다음 날 학원에 갔다.

먼저 같은 반 학생들이 자신의 그림을 꺼내 발표를 시작했다. 한눈에 봐도 기본기를 갖춘 그림들이었다. 다들 어디서 그림 그리는 걸 배워 왔는지…. 나는 벌써 기가 죽었다. 내 차례가 되었고, 앞으로 나가 내가 지은 이야기를 발표하며 그림을 설명했다. 이야기를 이어 나가며 그림을 계속 넘길수록 내가 그린 그림이 점점 부끄러웠다. 다들 웃는 게 이야기 때문이 아니라 내 그림 때문인 것 같다는 생각에 얼굴이 점점 붉어졌다. 민망함을 감추고 이야기를 마친 후 가만히 강사님을 바라봤다.

"이 또한 콘셉트가 될 수도 있다고 했어요. 민지 씨 그림이랑 이야기를 보면 참 소소하면서도 마음이 편안해져요. **그림이**

란 건 이만큼 그려야 잘 그렸다라는 기준이 없어요. 현대에 와서는 더 그렇고. 요즘 웹툰만 봐도 개성만 있으면 사람들이 좋아하잖아요. 그림은 그런 거예요. **개성이 있으면 돼요.**"

그림을 칭찬받은 게 처음이었다. 그리고 새로운 관점을 얻었다. 그림이란 꼭 잘 그려야만 하는 게 아니라 나만의 스타일로 나답게 표현하면 되는구나를. 부끄러워할 일이 아니라는 것을.

할아버지 버스 탑승기

할아버지가 어딘가를 가기 위해 버스정류장에 도착했어요.

할아버지는 멈추고 다시 길을 확인했죠.

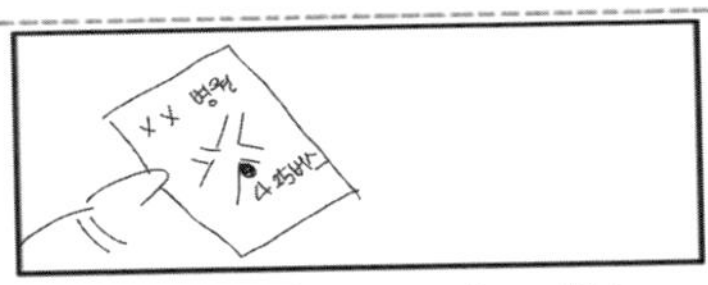

병원에 있는 할머니를 보기 위해 버스를 타야 했어요.

마침 벤치에 자리가 있어서 앉았어요.

하염없이 425번 버스가 오기를 기다리고 있었죠.

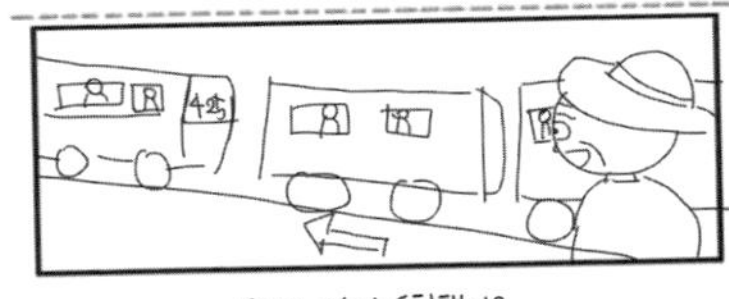

드디어 버스가 도착했어요.

할아버지는 멀리 선 버스를 타러 지팡이를 짚고 걸었어요.

승객들은 이미 다 탔고, 할아버지를 기다리고 있었어요.

허리가 아픈 할아버지는 한 계단

한 계단 힘겹게 오르고 있었죠. 그때!

바지에 구멍이 났는지 버스비가 또르르 떨어져 뒹굴었어요.

할아버지는 돈을 주우러 내려가면서 기다려 달라고 했어요.

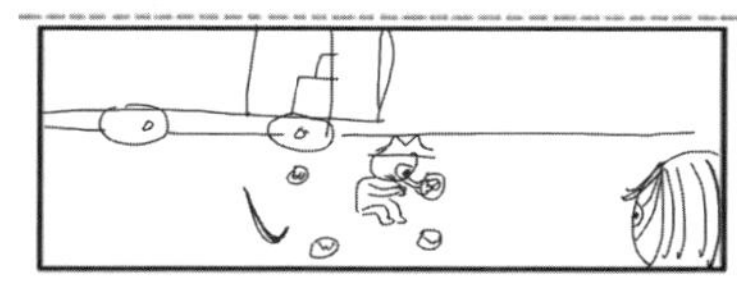

동전들을 하나씩 하나씩 다 줍고 난 후

버스를 올라타는데 이번엔 지팡이를 놔둔 거예요.

이를 처음부터 보고 있었던 행인이 빨리 달려갔어요.

행인은 그 지팡이를 주웠고 할아버지에게 건넸어요.

할아버지는 지팡이를 건네받았고

승객들은 환호성을 질렀어요.

그렇게 버스는 드디어 정류장을 떠났답니다.

끝

난청이 왔다

2018년 2월 봄, 나는 취업 준비를 하고 있었다. 정성껏 만든 포트폴리오와 자기소개서를 담아 이곳저곳 원서를 넣었고, 면접을 보러 오라는 연락을 기다리고 있었다. 그날, 여느 때와 다름없이 침대에 앉아서 책을 보고 있었다. 그때, 휴대폰이 울렸다.

오른손잡이인 나는 평소와 마찬가지로 오른쪽 귀에 대고 전화를 받았다. 그런데 소리가 너무 작게 들리는 게 아닌가. 그래서 휴대폰 위쪽 음량 버튼을 마구 눌러서 소리를 키웠다. 그런데 이상할 정도로 소리가 들리지 않았다. 힘겹게 대화를 마치고 전화를 끊었다.

'휴대폰이 고장 났나? 수리하러 가기 귀찮은데….'

일단 휴대폰을 왼편으로 제쳐두고 다시 책을 폈다. 몇 분 뒤 벨소리가 다시 울렸고 이번엔 무심코 왼쪽으로 받았다.

"악!"

예상치 못한 너무 큰 음량에 귀가 찢어질 듯한 고통을 느꼈다. 이게 무슨 일인가. 이미 대화 내용에는 집중이 안 됐고, 불길한 예감이 들었다. 혹시나 하는 마음에 손을 바꿔 오른쪽 귀에 휴대폰을 댔다. 소리가 아까처럼 아주 희미하게 들렸다. **내 몸에 큰일이 일어나고 있었다.**

바로 이비인후과로 달려갔다. 청력 검사가 진행됐다. 한 쪽씩 높은 주파수부터 시작해서 낮은 주파수로 내려가면서 그 음이 들리는지 안 들리는지를 체크하는 방식이었다. 검사를 하는 도중에도 알 수 있었다. 내 오른쪽 귀가 많이 고장 났다는 것을. 검사를 마치고 의사 선생님의 소견을 듣기 위해 방으로 들어갔다.

"돌발성 난청이네요. 언제부터 시작됐어요?"

한번씩 피곤하면 그랬었고, 다시 괜찮아졌기에 심각한 줄 몰랐다. 언제부터냐고 물으면 모르겠다. 가벼운 증상은 모두 무시하지 않는가. 그래도 희망을 품고 의사에게 물었다.

"그래도 치료하면 나을 수 있는 거죠?"

"3개월이 지났다면 치료를 해도 소용이 없어요."

충격이었다. 귀에서는 이명이 한창 진행 중이었고, 세상의 소리들은 물속을 한 번 거쳐 나온 듯 먹먹하게 들려 정신집중이 안 됐다. 일단 큰 병원에 가 보라는 의사의 말에 부랴부랴 대학병원에 가서 다시 청력 검사를 받았다. 동네 이비인후과에서 내린 것과 같은 진단을 받았다. 집중 치료를 위해 병원에 입원하는 게 어떻겠냐는 의사의 권유가 있었지만 자신만의 촉이라는 게 있지 않나. 왠지 내 귀는 낫지 못할 거라는 느낌. 예전부터 시작되어 왔다는 사실이 자꾸 머릿속에 맴돌았다.

그런데 다음 날, 지원했던 서울에 있는 회사 한 곳에서 연락이 왔다. 서류 심사에 합격했으니 면접을 보러 오라는 것이었다. 기쁨은 잠시였고, 두려웠다. 오른쪽 귀 증상이 점점 심해지는지 공사가 한창 진행 중인 듯한 소리에, 조금이라도 어수선한 곳에 가면 먹먹해지는 소리 때문에 내 정신도 먹먹해졌다. 이런 상태로 면접에서 제대로 이해하고 대답할 수 있을까 하는 불안감에 휩싸였다. 병원에는 서울을 가야 했기에 입원할 수 없는 상태라 하고 귀에 주사를 맞기로 했다.

일단 푹 자고 일어나서 증상을 완화시킨 다음 면접을 보러 서울로 향했다. 조용한 방에 면접관 두 명이 면접자 두 명과 함께했다. 영상 작업을 하는 회사라 딱딱하지 않은, 편안한 분위기에서 별 어려움 없이 대화를 이어 나갔고, 면접을 마치기까지 다행히 큰 어려움은 없었다. 그렇게 집에서 며칠 쉬면서 병원을 다니고 있는데 면접을 본 회사에서 전화가 왔다.

"합격했으니 일주일 뒤에 바로 출근하세요."

의사는 아직 일하지 말고 대구에서 당분간 쉬면서 건강을 회복하는 게 어떠냐고 했지만, 정말 들어가기 힘든 회사라 두 번은 기회가 오지 않을 것 같았다. 이 기회를 놓치고 싶지 않아 바로 입사하기로 하고 병원도 서울로 옮겼다. 이때 만약 이 회사를 포기했다면 그 뒤에 일어날 엄청난 일들을 겪지 못했을 것이다. 지금도 이 선택을 너무나도 칭찬한다.

매주 출근 전에는 병원에 가서 치료를 받았지만 3개월이 지나도 증상은 똑같았고, 여전히 내 한쪽 귀는 아직 제 기능을 발휘하지 못하고 있다. 세상이 조용해질 때쯤이면 귀에서 삐- 소리가 더 크게 들려온다. 누군가가 내 한쪽 귀를 베개로 꾹 막은 듯한 먹먹함도 더해진다. 그럴 때마다 눈물이 났다. '왜 이런 일이 나에게 일어났을까. 나는 앞으로 제대로 일하면서 살 수 있을까. 사람들은 잘 안 들려서 몇 번이나 묻는 나에게 짜증을 내지는 않을까?' 하는 불안한 생각들이 잠자리까지 파고들었다.

사람 많은 곳에 가면 들리던 대화 소리가 제대로 들리지 않게 되었고, 길을 건널 때면 차가 어느 쪽에서 오는지 분간이 안 가기에 고개를 돌려 직접 확인해야 한다. 그런데 사람은 적응의 동물이라고, 이런 상태로 계속 살다 보니 나와 상관없는 일에 대체로 무관심해지기 시작했다. 어차피 잘 들리지도, 무슨 말을 하는지도 모르기에 저 멀리서 들리는 말소리 하나하나에 신경 쓰지 않게 되었고, 나의 일에 더욱 집중할 수 있었다. 그렇게 나의 상태에 적응을 해 가고, 최선의 선택들을 하다 보니 덜 우울했다. 그리고 일에 집중하고 즐겁게 지내면서 크게 느낀 게 있다. **아직 멀쩡하게 남아 있는 한쪽 귀에 감사하다는 것**. 아직 내가 좋아하는 음악을 들을 수 있고, 상대에게만 집중해서 진지하고 깊은 이야기를 할 수 있다는 사실에 대해 다시금 생각하게 되었다.

이 글을 쓰고 있는 지금도 나의 왼쪽 귀는 작은 사이렌을 울리고 있다. 가끔 두 귀가 아주 멀쩡했던 때를 생각한다. 모든 소리가 깨끗하게 들리고, 귀울림이 나를 방해하지 않았던 몇 년 전을. 그렇지만 슬프지는 않다. 이제는 거의 신경 쓰이지 않으니까. 갑자기 이유도 모른 채 가지고 있던 소중함 하나를 잃었다. 그러나 **내가 잃은 것을 그리워하기보다 지금 가지고 있는 것을 더 소중히 지키고 감사하게 여기기로 하는 순간, 인생이 또 한 번 아름다워졌다.**

인턴 월급 150만 원 - 월세가 70만 원 = ?

"합격했으니 일주일 뒤에 바로 출근하세요."

전화를 끊은 후 기쁜 마음을 감출 수가 없었다. 그런데 기쁨도 잠시, 일주일이라는 시간이 아차 싶었다. 서울에는 아는 친척도, 같이 살 만큼 친한 친구도 없었다. 결국, 나는 일주일 안에 내가 살 곳을 정하고 짐을 옮겨야 한다. 대학원 다닐 때가 떠올랐다. 세 발짝 걸으면 끝인 좁은 방에 어두침침한 전등. 창문이 없어 환기가 안 돼 늘 쾨쾨한 냄새를 풍기던 방. 이번에는 취업을 해서 서울로 가게 됐기에 다시 그 지긋지긋한 고시원에서 살고 싶지 않았다.

'이제 돈도 버는데 너무 아끼지 말자. 좀 더 내더라도 제대로 된 집에서 살자.'

지방에서 서울로 집을 구하러 갈 때면 힘든 점이 한두 가지가 아니다. 요즘엔 집을 구하기 쉽도록 휴대폰 앱이 잘 되어 있다고 하지만 그것만 보고 집을 구하는 사람이 어디 있겠는가. 허위 매물인 경우도 있고, 실제로 살아 보니 불편한 점이 한두 군데가 아니라는 말도 많았다. 그래서 실제로 방이 있는 건지, 거리는 괜찮은지, 방 안은 사진과 같은지, 소음은 괜찮은지 등을 직접 가서 체크해 봐야 한다. 한번에 마음에 쏙 드는 방과 금액대를 찾을 수 있다면 좋겠지만, 그러기 쉽지 않기에 며칠을 서울과 대구를 왔다 갔다 하는 비용, 시간, 체력도 생각해야 한다.

그날 밤, 우리 가족은 회의를 했다.

"혼자 보내는 건 좀 불안하니까 엄마 아빠랑 같이 가자."

"며칠 동안 우리 셋이 서울 왔다 갔다 하면 기차 값도 엄청 많이 들 텐데. 그리고 구한 다음에 내 짐은 또 어떻게 보내? 지금부터 짐 싸도 이틀은 걸릴 테고. 집 구한 다음에 보내면 바로 도착할까?"

말하고 보니 문제들이 계속 튀어나왔다. 같이 면접을 본 친구도 합격을 했다. 그런데 그 친구는 원래 서울이 본가이기에 이렇게 집 문제로 고민할 필요가 없다. 거기서 그녀와의 간극이 조금씩 벌어지는 느낌이었다.

“이렇게 하자. 힘들겠지만 당신이 차 운전해서 서울까지 가는 거야. 그리고 너는 짐 다 싸서 아빠 트렁크에 싣고. 그날 바로 입주할 수 있는 방을 구한 다음에 그 집에 짐을 다 넣고, 정리랑 청소 다 하고 오는 걸로.”

“엥? 엄마 그게 가능해?”

“못 할 거 뭐 있어. 그 넓은 서울 땅에 너 하나 누울 자리 없겠어? 당연히 대구만큼 넓고 싸고 좋은 집은 못 구하겠지만 그런 건 어느 정도 감수해야지.”

그렇게 우리는 3일 뒤 방을 구하러 갈 채비를 했다. 큰 상자에 당장 겨울에 입을 옷들을 납작하게 만들어 넣고, 각종 생필품, 이불, 베개 등 정말 당장 겨울만 날 수 있을 정도의 물건들만 챙겼다. 그렇게만 해도 세 박스가 나왔다.

새벽 6시. 서울까지 가는 데 걸릴 시간을 예상하여 우리는 일찍 나섰다.

“이 물건들을 다시 싣고 되돌아오는 일은 없다. 거기서 다 결정하자.”

엄마의 호기로운 외침과 함께 차는 출발했다. 장장 네 시간 반이 걸려 미리 연락해 놓은 부동산 앞까지 갔다. 회사는 강남에 있었다. 서울의 지리를 모르기에 어떤 곳에 살면 싸고 강남까지 지하철을 타기 쉬울 거라는 정보도 없었다. 그래서 무작정 회사 바로 앞에 있는 부동산으로 갔다.

멀끔하게 생긴, 나보다 두세 살 정도밖에 많지 않을 듯한 사람이 나와서 공인중개사라고 자신을 소개했다. 낯선 서울 말투가 귀를 간지럽혔다.

컴퓨터를 앞에 두고 우리 셋과 공인중개사가 원으로 둘러앉았고, 그는 회사 주변의 집을 하나하나 보여줬다. 월세는 대부분 60만 원부터 시작했다. 그 60만 원이 반지하였다. 영화에서만 보던 반지하. 그리고 당일 바로 입주할 수 있는 곳은 딱 한 군데뿐이었다. 월세 70만 원. 생각보다 너무 큰 금액에 우리는 잠시 말을 잃었다. 대구는 괜찮은 원룸이 비싸 봐야 40만 원이다. 그것도 관리비, 전기세, 인터넷 비용을 다 합친 금액이다. 그런데 그냥 월세만 70만 원. 거기에 물세는 많이 쓰든 적게 쓰든 상관없이 25,000원을 무조건 내야 했고, 관리비는 7만 원. 처음 들어갈 때 청소를 원하면 7만 원을 더 내야 했다. 서울에서는 눈 뜨고 코 베인다는 게 이런 건가 싶었다. 이것저것 다 합치면 한 달에 80만 원의 지출이었다. 인턴이라 받는 월급이 150만 원인데 반이 월세로 나가는 것이다.

그때, 옆에서 듣고 있던 아빠가 불쑥 말을 꺼냈다.

"일단 3개월만 계약하자. 나중에 어떻게 될지 모르잖아. 먼저 살아보고 다른 곳으로 옮기든지 계속 살든지 결정하자고."

그렇다. 비싼 월세의 방을 1년 계약할 수는 없는 노릇이었다. 다행히 이 방은 월 단위로 계약할 수 있는 곳이었고, 우리는 바로 그 집으로 짐을 옮겼다. 상대적으로 좁은 방이었지만 모든 가구들과 가전제품들이 있었기에 불편함 없이 살 수 있을 듯했다.

서둘러 청소와 짐 정리를 마친 후, 우리 셋은 다시 대구로 내려가기 위해 차에 올랐다. 그리고 아빠는 운전대를 잡았다. 별말 안 했지만 대구에서 운전하는 것과 서울에서 운전하는 건 분명 달랐을 것이다. 낯선 환경, 빽빽하게 들어차 있는 차들, 서로 비켜 주기 싫어하는 예민함들 그 속에서 아빠는 내색도 안 하고 마음을 가다듬으며 운전하기 힘들었을 거란 걸 잘 안다. 그런데 나도 그런 고마운 마음을 솔직하게 표현하기 부끄러웠다. 평소에 그런 말을 안 하는 사이였기에….

어른이 되었지만 부모님 눈에는 아직 지켜 줘야 할 자식이라고 생각하는 마음을 여전히 느끼고 있다. 지방에서 서울로 취업하는 자식들을 보는 부모님의 마음은 다 그렇지 않을까. 낯선 환경에서 밥은 잘 먹고 사는지, 지내는 집은 괜찮은지. 떨어져 있어서 직접 볼 수 없으니 더욱 걱정되는 마음.

그렇게 우리는 밤 12시가 다 되어서 집에 도착했고, 서둘러 잠자리에 들었다.

입사 첫날,
설렘 반 긴장 반

출근 첫날, 일찍 잠이 깼다. 출근 시간은 아침 9시. 출근하기까지 아직 두 시간이나 남았다. 강남 어떤 곳이나 월세 비용은 그 정도였기에 이왕이면 가까운 곳에 집을 얻자 해서 계약했는데, **이 집에서 회사까지 걸어서 3분밖에 안 걸린다.**

'밥 해 먹고 갈 시간은 있겠네.'

침대에서 일어나면 두 발짝 앞에 싱크대가 있다. 고시원보다는 낫지만 여전히 좁은 공간이다. 전날 쌀을 불려 놔서 바로 해 먹을 수 있다. 혼자서 먹으면 되기에 마트에서 1인용 밥솥을 샀다. 매번 큰 밥솥을 열다가 1인용 밥솥을 여니 무게감이 없어서인지 뚜껑이 '팅' 하고 가볍게 올라갔다. 1인용은 정말 무게도 소리도 가볍기 그지없다. 밥을 안친 뒤 냉장고를 열어

반찬거리로 뭐가 있나 보는데 집에서 가져온 김치랑 멸치볶음 뿐이다. 하루 이틀은 그렇다 쳐도 매일 이렇게 먹을 수는 없다.

'반찬을 사는 게 속 편하겠네.'

대충 차려서 먹은 뒤 씻고 나오니 30분 정도 남았다. 옷을 차려 입고 코트를 걸쳤다. 첫날이라 신경을 좀 썼다. 회사 분위기상 정장은 안 어울렸고 깔끔하게만 입었다. 모든 문이 잠겼는지 확인하려고 베란다 문을 봤는데 문을 안 잠가 놓은 거다. 깜짝 놀라 고리를 내려 잠그려는데 고리가 고장이 났는지 내려가지를 않았다. 계약할 때 왜 이걸 확인 안 했는지 모르겠다. 바로 집주인에게 전화를 했다. 집주인은 한 번 들러서 보겠다는 말을 하고 전화를 끊었다.

밖을 나가니 너무 추워서 손이 오그라들었다. 손톱 끝이 파래졌다. 대구도 많이 춥다고 생각했는데 서울은 더 추웠다. 건물들이 바람은 막아주지 못하나 보다.

동기와 비슷한 시간에 회사에 도착했다. 우선, 신입사원 인사 기록을 작성해야 한다고 해서 컴퓨터 앞에 앉았다. 부모님 직업, 신체 특이사항 등 이런 것까지 적어야 하나 싶어서 예시 자료를 봤다. 시력 부분에 적힌 숫자를 보고 깜짝 놀랐다. 양쪽 -15. 나도 눈이 나쁘지만 시력이 이만큼이나 낮은 건 처음 봤다. 회사를 다니면 컴퓨터와 하루 종일 씨름해야 하니 재수가 없으면 내 시력도 더 안 좋아질 수 있겠다라는 생각이 들었다.

점심시간이 되기 전, 내가 속한 팀을 돌면서 한 사람 한 사람에게 인사했다. 다들 자리에서 어색한 듯 수줍은 듯 인사를 받았다. 발걸음을 옮겨 옆 사람에게 소개를 했다.

"안녕하세요. 저는 추민지라고 합니다."

"응? 아 중국인이야?"

순간 무슨 소린가 싶었다.

"네? 아뇨. 저 한국인인데…."

"아 사투리랑 발음이 좀 특이해서 '추'가 '츄'로 들렸어. 미안. 하하."

나는 너무나도 당황했다. '그래도 어떻게 뜬금없이 중국인 소리가 나올 수 있지?' 생각하면서 그분과 마무리 인사를 하고 그 다음 사람에게 인사하러 자리를 옮겼는데, 바로 의문이 풀렸다. 내가 먼저 인사하기도 전에 그가 말했다.

"안뇽하쎄여. 아, 저 중국인이에요."

진짜 중국인이었다. 그런데 그는 더 깜짝 놀랄 만한 말을 했다.

"민지 씨 대구대학교 나왔다면서요~. 저도요! 저는 09학번!"

동글동글한 얼굴에 약간 서툰 한국어로 반갑게 인사하는 그가 친근하게 느껴졌다. 이건 학연 때문만은 아닐 것이다. 이

좁은 업계에서 서울에서 같은 대학교를 나온 사람을 찾기가 흔한 일은 아니다. 예상치 못한 반가움에 신이 나서 고향 이야기로 수다꽃을 피웠다. 중국에 살다가 한국어를 배우고 싶어서 교환학생 개념으로 대구대에 왔다가 아예 석사까지 마쳤다는 거다. 순간 그가 매우 대단하게 느껴졌다. 그의 이름은 '동붕'이었다. 대구 이야기로 한 번씩 벗 삼을 수 있겠다 싶어 기뻤다. 그런데 일은 항상 순탄치만은 않다.

"저 내일 상해로 파견 가요. 아쉽지만 오늘이 볼 수 있는 마지막 날이네요."

아니, 금방 만났는데 오늘이 마지막이라니…. 너무 아쉬웠다.

자리로 돌아가 이제껏 회사가 어떤 작품들을 했는지 무료하게 보고 있었다. 점심도 먹었겠다 막 잠이 들려는 순간, 실장님이 동기와 나를 부르셨다.

"그래, 회사 분위기는 어떤 거 같니?"

"아직 잘 모르겠는데 편한 것 같고, 사람들도 좋아 보여요."

동기가 먼저 밝은 얼굴로 대답했다.

"너희에게 이 이야기를 하려고 불렀어. 인턴으로 너희 둘을 뽑았지만, 실제로 회사에서 채용할지는 3개월 뒤에 결정할 거야. 포트폴리오를 봤지만 실제로 일을 시키면 또 실력이 다르게 나오니까. 3개월 동안 과제를 세 개 줄 거야. 각각의 결과물들을 보고 이 회사에서 본격적으로 일을 시킬지 아니면 떠나보낼지 결정할 거고. 한 명만 남길 수도, 둘 다 채용 안 할 수도 있어. 서로가 경쟁 상대라는 걸 생각해."

예전 사람들은 윗선에서 경쟁을 시키면 정말 서로를 경쟁 상대로 생각했다. 동기보다 더 앞서가고, 눈에 띄길 원하며 그 경쟁에서 이기길 원한다. 그런데 우리 세대는 다르다. **어릴 때부터 경쟁 속에서 산 우리들은 이제 경쟁이라는 말 자체에 피로함을 느낀다.**

실장님은 우리에게 경쟁을 붙이면 개인의 능력이 더 발휘될 거라는 의도로 말씀하신 것 같지만 이제 그런 식의 의도는 더 이상 통하지 않는다. 그런 말을 들었음에도 불구하고 동기와 난 마음이 잘 맞았다. 경쟁 따위는 생각도 안 하고 친하게 지냈다. 근데 그 친함이 윗사람들에게는 눈엣가시였나 보다.

어린 꼰대가 나타났다

회사를 한 번도 안 다녀 본 내가 '여기는 좋다 별로다'를 어떻게 판별할 수 있겠나. 그런데 처음 들어온 곳 치곤 사람들이 다 좋다고 처음에는 생각했다.

나는 성격의 고조가 심하지 않은 편이다. 낯선 환경에서는 더더욱 침묵하는 주의인데, 눈에 띄고 싶지 않았다. 왠지 모르게 회사 분위기 자체가 나를 가라앉고 기죽게 만들었다. 동기와 몇몇 사람들 빼고는 대화를 많이 하지 않았다. 남에게 많이 무신경한 탓도 있고, 개인주의가 심한 편이기도 하다.

여자들이 옷, 화장품, 연예인 등의 주제로 이야기할 때 별로 끼고 싶지 않았다. 내 관심사가 아니었고, 따로 호들갑 떨거나 덧붙일 말도 없었다. 그런데 다른 사람들은 그런 나를 너무나도 소극적인 성격이라고 생각했다. 나는 그저 '그것'에 대해 할 말이 없었을 뿐인데, 다수의 관심사가 나와는 맞지 않았을 뿐인데 왜 난 그 가운데서 압박감을 느꼈는지 모르겠다.

'뭐라도 한마디 거들어야 할 텐데….'

이런 생각에 더 불을 지피는 사건이 있었다. 하루 종일 컴퓨터를 바라보고 있자니 눈이 너무 아파서 눈을 좀 쉬게 할 겸 탕비실에 들어가 물을 마시고 있었다. 그런데 회사에서 가장 어린 여사원이 들어왔다. 그녀는 고등학교를 졸업하자마자 회사에 들어와 근무연수는 오래되었지만 아직은 어린애 취급을 받고 있었다. 나이가 어려서가 아닌 성격이 정말 어렸기 때문이다. 서로 공통점이 하나도 없었기에 말을 섞어 본 적이 없었다. 그런데 나가려던 나를 세우더니 그녀가 말했다.

"민지 씨, 기분 나빠하지 말고 잘 들어요."

벌써 기분이 나빴다. 최대한 포커페이스로 유지하며 눈을 동그랗게 뜨고 물었다.

"네? 무슨 일이에요?"

"어… 민지 씨가 성격이 좀 소심하… 아니, 그렇다기보다는 좀 조용하잖아요? 윗분들이 그래서 성격 때문에 말이 좀 많거든요. 그래서 좀 활발하게 행동해야 할 것 같은데요. 점심시간에 다른 사람들 책상에도 가서 이것저것 물어도 보고 할 말이 없으

면 화장 예쁘게 잘 됐네요, 그런 말이라도 하면 되지 아닐까요?"

지금 이게 무슨 말도 안 되는 대화인지 모르겠다. 관심이 없는데 관심 있는 척하고 마음에도 없는 말을 지어서 해야 한단 말인가. 성격이 활발해야만 보는 사람들 마음에 쏙 든다는 말인가? 예전 같으면 '소심'하다는 말에 이미 상처를 받아서 이렇게 해야 하나 저렇게 해야 하나 망설이고 '나'를 탓했을 것이다. 그런데 이제는 아니다.

"저기요, 제가 남에게 피해를 준 것도 아닌데 자기들끼리 왜 내 성격을 판단하고 바꿔라 마라 하는 거죠?"

"제가 그렇다는 게 아니라 윗분들이…."

나는 전달하는 사람일 뿐이다. 너를 위해서 하는 말이다라는 변명은 필요없다. 진짜 나를 위했으면 그들 앞에서 같이 싸워 줬을 테니까. 착한 척 자신은 너를 위해 알려 준다는 식으로 다가오는 사람들이 그들의 생각에 가장 동의한다는 거다.

회사의 일보다는 회사 사람들 사이의 관계가 더 어려웠다. 내가 잘못되었다고 말하는 이들이 있다. 그래도 이런 악마의 속삭임 가운데서 나를 지탱해 주는 말이 있다.

'말은 할수록 실수하게 되어 있다.'

일주일 후, 중국행

3개월의 인턴 생활이 막 끝날 무렵, 딱히 할 일 없이 동기와 나는 컴퓨터 앞에 앉아 자료를 찾고 있었다. 실장님이 방에서 나오시더니 친구를 먼저 데려갔다. 인턴이 끝났으니 우리를 어떻게 하겠다는 결정을 내리신 듯했다.

처음 입사했던 날 들은 이야기는 인턴 생활 내내 우리를 괴롭혔다. 두 명을 다 회사에 남기거나 둘 중 하나를 남기거나 아니면 둘 다 안 남길 수도 있다는 말. 대구에서 서울까지 올라온 나는 더 마음이 싱숭생숭할 수밖에 없었다.

중간 중간에 웃음소리가 들렸지만 무슨 이야기를 하는지는 전혀 들리지 않았다. 그렇지만 알 수 있었다. 실장님이 내 친구를 무척 마음에 들어 한다는 사실을. 예술에 대해 잘 알지 못

하는 내가 봐도 미대생이라 그런지 영상이 예뻤고, 센스가 있었다.

그렇게 꽤 오랜 시간이 흘렀고 친구의 면담이 끝이 났다. 문을 열고 나오는 친구의 표정이 뭔가 아리송했다. 좋은 듯 아닌 듯 반반 섞여 있는 듯한 느낌.

"민지야, 실장님이 들어오래. 가 봐."

긴장한 채로 들어가 소파에 앉았다. 어제도 밤을 새셨는지 실장님의 눈과 얼굴이 빨갛다. 어색하게 앉아서 서로를 바라보다가 실장님이 먼저 말을 꺼냈다.

"3개월 동안 어땠어?"

"음… 밤을 새고 영상을 만들고 하는 게 힘들 때도 있었지만 다 완성하면 뿌듯하고 재미있었어요."

나는 입사할 때부터 항상 궁금했던 부분이 있었다. 그걸 오늘은 꼭 물어보고 싶었다.

"실장님, 저는 영상 전공자도 아니고, 단기간만 배워서 좋은 실력도 아니었는데 왜 저를 뽑으셨어요?"

"음… 실력이 좋다고 회사 오래 다니는 거 아니거든. 민지네 자기소개서를 봤는데 **진득하게, 성실하게 일할 것 같다는 느낌이 들더라고.**"

무조건 실력 위주로 신입을 뽑을 거라 생각했다. 그런데 광고 회사 일이 워낙 고되고, 주말이 잘 보장되지도 않는 힘든 일이기에 사람들이 들어왔다 나갔다 하는 일이 잦다. 그래서 회사 입장에서는 오히려 조금 못 해도 오랫동안 열심히 일하고 키울 수 있는 신입사원이 필요했던 것이다.

회사에 지원할 때에는 내 생각의 틀 안에서만 결론을 내리곤 한다. 내 실력이 별로인데, 전공자도 아닌데 내가 뽑힐 수 있을까 등등 나를 깎아내리는 생각들이 머리에서 떠나질 않는다. 그런데 실제 회사의 임원들은 다른 고민들이 있었고, 전혀 색다른 이유로 나를 뽑은 거였다. **내 생각만으로 그 사람은 그럴 것이라고 결과를 예측해 버리는 습관이 참 어리석은 짓이구나를 깨달았다.**

"신입 때 원래 제일 많이 배우는데, 어떤 것이든 관찰을 잘해야 돼. 나는 원래 FX를 하고 싶었는데 동기 중에 이미 잘하고 열심히 하는 친구가 있었어. 그래서 그것보다는 렌더를 선택했고, 실제 물건과 똑같이 표현해 내려고 노력했어. 높은 자리에 올라갈수록 그냥 주어진 일을 하기보다는 기획서나 스토리보드를 보더라도 어떻게 하면 더 잘 표현할 수 있는지를 생각해야 돼."

내 앞날에 일어날 일들을 미리 함축해서 말해 준 것 같다는 느낌이 들었다. 그 말 안에는 내가 눈에 띌 수 있는 길을 선택하고 선택한 길에 대해서 열심히 노력한 모든 과정들이 느껴졌다. 그런데 생각해 보면 우리가 평소에 생각하는 자신이 좋아하는 일을 찾는 패턴과는 다르다는 걸 알 수 있다. 대부분 좋아하는 일을 선택하고, 라이벌이 있어도 라이벌보다 더 노력해서 성공을 쟁취하는 그런 과정이 멋있다고 생각한다. 그런데 실장님의 경우에는 반대다. **더 잘하는 누군가가 이미 있으니, 내가 더 잘할 수 있는 다른 분야를 선택하고 열심히 해 나간다는 것**. 어쩌면 더 현실성 있게 느껴졌다.

나 같은 신입은 말해도 모를 거라 생각하고 말을 안 해 줄 수도 있었다. 그런데 자신의 경험담을 이야기해 주셔서 감사했다. 나는 아직도 그때의 대화와 분위기를 생생하게 기억한다. 내가 언제 그렇게 실장님과 단 둘이 진지한 이야기를 해볼 수 있겠나.

그 이후로 어떤 일을 할 때면 시키는 일을 받는 입장이 아닌 그 너머를 보려고 노력했다. 이야기를 마치고 이제 나는 이 회사를 계속 다니겠구나 생각하던 차에 실장님이 다시 말을 꺼내셨다.

"너와 동기는 같이 애니메이터를 지원했지만, 동기가 렌더를 더 잘하는 것 같아서 그쪽 파트로 옮기기로 했어. 그래서 말인데, 사실 상해 지사에는 애니메이터가 급하거든? 그래서 민지 네가 상해로 파견을 가는 게 어떻겠냐고 부국장님이랑 상의

했어. 괜찮겠니?"

사실 어느 정도는 예상하고 있었다. 면접 때 두 명 중에 한 명을 상해로 보내야 하는데 갈 수 있겠냐는 질문이 있었기 때문이다. 그런데 이렇게 바로 이야기가 나올 줄은 몰랐다. 적어도 1년은 다닌 후에 파견을 갈 줄 알았다. 때마침 3개월 단기 원룸 계약이 끝이 나서 다른 방을 구하려던 참이었다. 월급에 비해 방세가 너무 많은 지출을 차지하고 있어서 고민하던 차였는데 시기가 너무 딱 맞아떨어져 놀랐다.

"네. 저 가도 괜찮아요. 갈 수 있어요!"

새로운 곳에 갈 생각을 하니 너무 좋았다. 어릴 적, 나는 항상 외국에 살면서 일하는 것을 꿈꿔 왔었다. 그 꿈이 이런 식으로 이루어질 줄은 상상도 못했다.

"시기는 조금 급해서 이 주 뒤에 바로 가야 돼. 그래서 부모님도 뵙고 짐도 싸고 나머지 정리도 해야 하니까 일주일 휴가를 줄게."

이 기쁜 소식을 엄마에게 전하기 위해서 전화를 걸었다. 그런데, 상해로 간다는 소식보다 더 큰 소식을 듣게 될 줄이야. **하늘은 정말 좋은 것 한 가지만 주는 게 아닌가 보다.**

부모님은 영원히 곁에 있을 거라 생각했다

'엄마, 좋은 소식 있으니까 퇴근하고 전화할게.'

실장님 방에서 나온 후 바로 엄마에게 문자를 보냈다. 몇 분 뒤, 답장이 왔다.

'엄마 지금 병원이야. 나중에 통화하자.'

처음엔 그냥 단순한 치료라고 생각했다. 어디 살짝 다쳐서 병원에 간 거라고 생각했다. 저녁 7시가 되었고, 일이 없어 일찍 퇴근했기에 서둘러 집으로 갔다.

방으로 들어오자마자 문을 꼭 잠그고 가방을 침대 옆으로 던졌다. 외투를 벗어 옷걸이에 걸고 침대에 걸터앉아 엄마에게 전화했다.

"엄마, 무슨 일 있어? 병원은 왜 갔어?"

"어떡하노…. 우리 집 진짜 큰일 났다."

"왜? 말해 봐. 무슨 일인데?"

어서 말해 보라고 묻고는 있었지만 대답을 듣기 무서웠다. 진짜 큰일이 나면 어떻게 해야 할지 모르겠어서.

"아빠가 몇 주 동안 기침을 했는데 하도 안 나아서 병원에 왔거든. 처음에는 그냥 감기라고 약 먹으면 된다 해서 있었는데, 그래도 안 낫더라고. 기분이 뭔가 쎄해서 아빠 데리고 다른 병원에 왔는데… 하…."

"왜? 병원에서 무슨 병 있대?"

"아빠… 폐암이래."

드라마를 보면 이런 내용이 꼭 있다. 잘 살아가고 있는 평화로운 가정에 어느 날 갑자기 가족 중 누군가가 병에 걸리는 설정. 근데 그건 드라마이지 않은가. 애써 침착함을 유지하며 다시 물었다.

"그래도 그렇게 심각한 건 아니지? 초기에 발견하면 괜찮다고 하던데?"

"초기도 아니야. 4기래. 수술도 못 하는…."

나는 아직 부모님이 아플 나이가 아니라고 생각했다. 이제 스물다섯 살인데 무슨. 부모님도 앞이 창창한 나이고, 요즘 50대는 예전 50대가 아니라 하지 않던가. 그런데 막상 이런 현실이 닥

치니 당황스러웠다. 어떻게 이런 일이 일어날 수 있는지 도무지 이해가 안 됐다. 누군가는 이렇게 말하기도 한다. 어린애도 병에 걸리면 일찍 죽는데 당연히 그 나이에 있을 수 있는 일 아니냐고. 그런데 예외가 있다. **내 가족의 일은 있을 수 있는 일에 포함이 안 된다.**

펑펑 울면서 어떻게 해야 좋냐는 엄마의 말에 내 감정을 추스르지도 못하고 엄마를 달랠 수밖에 없었다. 갓 서울에 상경한 딸이 지방에서 넋을 잃은 부모에게 할 수 있는 일은 딱 한 가지다.

"**엄마, 너무 걱정하지 마.** 내가 서울에 있으니까 서울에서 병원 다니면서 치료하자. 대구 서울 왔다 갔다 할 걱정도 하지 말고. 이 집에서 병원 다니면 되니까."

취업을 위해 서울로 올라온 자식은 부모가 아파도 잘 들여다보지 못한다. 일단은 주말이 올 때까지 기다려야 하고, 그마저도 하루 이틀밖에 시간이 안 난다. 그렇다고 해도 갓 취업한 회사를 저버리고 다시 지방으로 내려갈 수 있는 자식이 몇이나 될까. 그리고 그 부담을 떠안고 부모는 자식에게 또 얼마나 미안한 마음을 가질까.

일단 아빠와 상의해 보겠다는 엄마와의 전화를 끊고 나는 여기서 어떤 마음가짐을 가져야 할지 생각했다. 평소에 대화도 잘 나누지 않았던 아빠가 큰 병에 걸리셨다. 3개월 이상 버틸 수 있을지 모르겠다는 의사의 말을 들은 아빠는 지금 어떤 심정일까.

그럼에도 불구하고 잠은 쏟아졌고, 나는 잠에 빠졌다. 연민도 없는 자식이냐는 소리를 들어도 싸다.

집에 TV가 없는 이유

중학교 2학년 때부터 집에 TV가 없었다. 그 당시 TV가 없는 집은 거의 없었다. 아무리 가난한 친구의 집이라도 TV는 꼭 있었다. 집에 놀러 온 친구들이 겉으로는 번듯해 보이는 집에 TV가 없으니 의아해했다. 나는 그에 대해서는 아무런 말을 안 했다. 그런데 친구들이 알아서 소문을 냈다.

"야, 민지 집에는 TV 없다. 신기하지?"

"우와 진짜? 집에 TV가 왜 없어?"

"공부 때문에 부모님이 일부러 TV를 없애셨대."

당시 공부 잘하기로 학교 내에서 유명했던 터라 아이들이 그런 식으로 말을 하고 다녔다. 굳이 반박할 필요도 없어서 그냥 놔뒀다. 그런데 사실은 많이 달랐다. 우리 가족도 TV를 좋아했다. 그런데 그 재미있는 TV는 아빠의 술주정으로 박살이 났다.

아빠는 술을 무척 좋아했다. 어릴 적부터 술 때문에 싸우는 부모님의 소리를 들으면서 자랐다. 어릴 적 가장 싫어했던 소리가 새벽에 들리는 계단 오르는 발소리였다. 그 소리는 아빠가 만취해서 집으로 향하는 소리였으니까.

그런 날은 어김없이 엄마와 아빠가 싸우는 날이다. 부모의 속사정까지 이해하는 어린 자식이 어디 있겠는가. 그냥 주정부리는 아빠가 밉고, 잠을 못 자게 만드는 집이 싫고, 모든 게 꼴 보기 싫었을 뿐. 아빠만 없다면 우리 집은 정말 평온할 거라 생각한 적도 많았다.

그 미움은 중학교, 고등학교, 대학교를 지날 때까지 이어졌고, 아빠와 나누는 대화라고는 집안의 중요한 일이 아니면 없었다. 우리 두 사람은 그저 서로에게 무관심했다. 서울 집을 알아보러 같이 힘써 준 것. 그래, 고맙다 치자. 그래도 아직 철이 없던 나는 당연히 부모인데, 여태껏 그렇게 나를 괴롭혔다면 이제는 그 정도쯤은 해 줘야 하는 거 아닌가라고 생각했다. 고마움이 반이었다면 그 사실을 인정하고 싶지 않은 마음이 반이었고, 그 두 마음은 항상 부딪혀 나를 괴롭혔다.

그렇게 미워하고, 내가 돌보지 않아도 알아서 잘 살겠지라고 생각했던 아빠가 병이 들어 버린 것이다. 그 감정을 어떻게 감당해야 할지 몰랐다. 이제는 그런 아빠를 두고 미워하는 마음을 가진다면 나쁜 사람이 되는 것이다. 그런데 **어떻게 25년간 품었던 미움을 단 하루 만에 털어 버릴 수 있나.**

언젠가 엄마와 이런 대화를 했었다.

"엄마는 몇 살에 결혼한 거야?"

"스물일곱 살."

그런 말이 있다. 엄마는 처음부터 엄마인 줄 알았다는 말. 그런데 스물일곱 살이면 글을 쓰고 있는 지금의 내 나이다. 엄마도 젊은 시절이 있었다. 지금의 내 나이까지 오니 모든 감정들이 한 번에 들어오기 시작했다. 스물일곱 살의 나는 아직 아무것도 준비가 되어 있지 않다. 더군다나 결혼을 하기에는 너무 어리고, 누군가와 같이 살면서 상대를 배려하기에는 덜 자랐다.

그런데 그런 나이에 엄마와 아빠는 결혼을 했다. 평생을 가장 노릇을 하며 힘겹게 살아온 엄마와 풍족했지만 할아버지의 사랑을 받지 못해 술로 어긋나 버린 아빠가 선으로 만나 같이 살게 되었다. 어떻게 서로 안 싸울 수 있었겠나.

조금씩 부모님을 이해하기 시작했다. 한때는 좋은 부모라면 자식들 앞에서 싸우면 안 되는 거라 생각했다. 다른 친구들의 부모님들이 마냥 부럽기도 했다. 그럴 때면 엄마가 이렇게 말했다.

“엄마도 부모가 되는 게 처음이라 어떻게 해야 옳은 건지 모르겠더라.”

이제 와서, 이렇게 큰병을 얻고 나서 용서해 봤자 이해해 봤자 무슨 소용인가 싶을 거다. 그래서 어떨 땐 그냥 아무 생각도 안 하고 싶고, 이 상황을 외면해 버리고 싶을 때도 많다. 그런데 **어쩌면 하늘은 지금이 가장 최적의 시기라고 말하고 있는 것 아닐까. 나에게 지금 기회를 주고 있는 건 아닐까.**

그러면서도 한쪽 마음에 남은 문제가 하나 있었다. 단 한 번의 기회인 상해로 가는 티켓.

나는 착하고 이기적인 딸이다

어릴 적부터 외국에서 살고 싶었다. 미국이든, 캐나다든, 유럽이든 한국이 아닌 다른 곳에서 살고 싶었다. 사실, 대학교 때 기회가 있었다. 영어 점수만 되면 교환학생 프로그램을 신청할 수 있었는데, 고민만 하고 신청하지 못했다. 한 학기가 지연되면 어떻게 진도를 따라가야 할지 고민이었고, 남자친구와 긴 시간을 떨어져 있는 것도 싫었고, 비행기 값도 고민이었다. 이런저런 고민들이 겹치니 해결해 볼 생각보다는 그냥 포기하는 게 더 편했다.

그래도 **마음 한구석에는 외국에서 살고 싶다는 욕망이 계속 떠나질 않았다.** 어쩌면 새로운 세계에 가는 게 두려웠나 보다. 거기서 어떻게 취업을 할 것이며, 생활 터전은 어떻게 가꿔야 할 건지 등등 모든 게 복잡하니까. 그런데 이렇게 기회가 왔다. 외국에서 시작하기에 아주 안성맞춤이다. 비행기도, 숙소도, 밥도, 회사도 해결이 됐으니 몸만 가면 되는 거다. 그리고 상해는 일반적으로 우리가 생각하는 중국과는 달리 외국인도 많고 자유분방해서 한국보다 더 다채로운 것들을 보고 경험할 수 있는 곳이다.

이렇게 장점투성이인 곳을 내가 한 치의 고민도 없이 가기로 마음먹고 난 후에 아빠의 소식을 듣게 된 것이다. 아빠의 생이 얼마 남지 않았다는 의사의 말에 우리 가족은 긴장하고 있었다. 그리고 난 엄마에게 그 소식을 전했다.

"엄마, 나 상해 가지 말고 대구로 내려갈까?"

"일단 생각해 보자."

사실은 남은 기간이 일주일밖에 안 남았다. 이 기간 안에 갈지 말지를 결정해야 했다. 어떤 일이 있어도 가고 싶은 마음이 80퍼센트였고, 그래도 자식의 도리로 한국에 남아야 한다는 생각이 20퍼센트였다.

다음 날, 엄마에게 전화가 왔다.

"민지야, 아빠랑 얘기해 봤는데 아빠는 그냥 대구에 있는 대학병원에서 치료받는 게 몸도 마음도 편할 것 같아서 그냥 여기 남을게. 그리고 아무리 아빠에게 이런 일이 있어도 너는 네 인생이니까 다니던 직장까지 그만두고 내려올 필요 없어. 여기 온다고 해도 또 직장 다녀야 하니까. 서울이나 상해나 멀리 있는 건 똑같으니까 **네 꿈 펼치러 가. 그렇게 하는 게 엄마랑 아빠 마음이 편해.**"

사실은 이 말을 기다리고 있었다. 엄마 아빠는 무엇보다도 꿈을 향해 달려갈 때 딸의 눈이 제일 초롱초롱하다는 걸 알고 있기에, 풀이 죽어 있는 딸을 매일 집에서 보는 게 더 불편할 수 있다는 생각이 들었나 보다.

아빠의 병을 낫게 하기 위해 엄마와 아빠가 고군분투하며 병원에 다닐 동안, 나는 그렇게 상해로 떠났다.

"3개월 뒤에 휴가 받으면 올 테니까 잘 지내고 있어."

어쩌면, 정말 혹시나, 3개월 뒤에는 아빠가 없지 않을까 하는 생각이 잠시 들었다. 그래서 뒤돌아서서 아빠를 조금 더 바라봤다.

처음 본 중국인이 나를 싫어한다

비행기를 타고 두 시간을 날아 상해에 도착했다. 공항에 멀뚱히 서서 관계자가 오기만을 기다렸다. 인터넷도 안 되고 전화도 안 되고 길도 모른다. 정말 아무것도 모르니 누군가 데리러 오지 않으면 난 미아가 되는 것이다.

조금이라도 아는 사람이나 한국인처럼 보이는 사람이 있을까 주위를 두리번거렸다. 그때, 에스컬레이터를 타고 낯이 익은 사람이 올라오고 있었다. 옛 기억이 머리를 스쳤다.

"중국인이야?"

내 이름만 듣고 날 중국인이라 착각한 대리님이었다. 회사에서 잠깐 본 사람이지만 이 낯선 곳에서 마주치니 그 누구보다도 반가웠다.

차를 타고 10분쯤 이동하니 바로 회사 앞이다. 회사로 들어가는 입구가 보통 회사 같지 않았다. 주차장 한가운데에 있는 어두침침한 곳이었다. 이런 곳에 회사가 있나라는 생각이 들 만큼 1층은 사실 보잘것없었다. 그런데 엘리베이터를 타고 3층으로 올라가니 다른 세계가 나타났다. 깔끔하게 적힌 회사 로고 위에 'Shanghai'라고 적혀 있었다. 마치 글로벌 회사에 입사한 느낌이 들어 뿌듯했다.

회사의 투명 유리문이 열리면서 따뜻한 주황색 불빛들이 중간의 프론트 데스크를 비추고 있었고 양 갈래로 복도가 이어졌다. 3개월치 짐이 담긴 큰 캐리어를 끌면서 복도를 지나치는데 마치 어두컴컴한 영화관에 옅은 불빛이 천장에서 비추고 있는 느낌이었다. 전체적으로 분위기가 세련돼 보였다.

대리님이 복도 중간에 있는 통유리 문을 열어 주어 안으로 들어갔다. 이제부터 함께 일하게 될 팀원들이 모여 있는 곳이었다. 회색 벽지에 주황불이 곳곳을 비추고 있어서 마치 IT 회사 같았다. 분위기가 서울과 사뭇 달랐다.

사람이 몇 안 되기에 오히려 자유분방한 느낌이었다. 근무시간인데도 서로 자유롭게 이야기하고 재미있는 게 있으면 같이 웃었다. 한쪽에서는 이번에 새로 산 자전거를 조립한 걸 보여주고 있었다. 모든 게 그저 새로웠다.

내 자리는 실장님과 가장 멀리 떨어진 반대쪽에 있었다. 자리가 참 좋다는 생각이 들었다. 모니터가 반대편과 등을 지고 있었기에 내 자리에 직접 오지 않는 한 아무도 내가 뭘 하는지를 볼 수 없었다. 신입사원에게 절대로 있을 수 없는 자리인데 이미 자리가 다 정해져 있는 상태라 내가 그 혜택을 받게 되었다. 역시 운이 좋다.

내 옆자리 사람에게 살며시 인사했다.

"안녕하세요."

그러니 그 사람이 대답했다.

"니 하오."

그리고 내 뒷사람도, 대각선에 있는 사람도 똑같이 인사했다. 그때 깨달았다. 중국인들 사이에 끼인 자리라는 걸. 그중 한 명이 같은 대학교를 나온, 전에 인사를 나눴던 사람이었다. 첫날이라 너무 들떠 보이면 안 될 것 같다는 생각에 눈짓으로 반갑게 인사를 하고 자리에 앉았다.

책상의 물건을 정리하고 있는데 그들이 대화를 시작했다. 물론 중국어다. 외국어고등학교를 다니면서 중국어 수업도 들었는데 열심히 듣지는 않았다. 그래도 조금은 알아들을 수 있을 거라 생각했는데 웬걸, 하나도 모르겠다.

그들끼리 웃으면서 대화하는데 나만 대화에 끼지도, 반응도 하지 못한 채 외톨이처럼 앉아 모니터만 응시했다. 그렇게 어색해하며 있는데 건장한 체구에 꽁지머리를 한 실장님이 다가오셨다. 들어올 때 중간에서 게임을 하고 계셨는데 이제야 한 판이 끝났나 보다.

"네가 민지구나? 소식 들었어. 여기는 한 층에 모든 부서가 모여 있으니까 돌아다니면서 인사 한번 하고 와."

그렇게 방마다 들어가 인사를 하는데 모두의 인상이 좋았다. 인사하면서 알게 된 사실은 그곳에서 내가 제일 나이가 어리다는 것, 그리고 나 이후에 상해로 파견을 올 사람은 아무도 없다는 것이었다.

방마다 다 팀 이름이 적혀 있었지만 그중 팀 이름과 사람 이름이 같이 적혀 있는 방이 있었다. 특이해서 읽어 본 이름은 Louis. 프랑스 이름 느낌이 물씬 풍기기에 당연히 외국사람이겠거니 생각했다. 그런데 똑똑 소리에 문을 열고 나온 사람이 한국인의 모습을 하고 있다.

"안녕하세요."

한국 사람이다. 그 사람은 인자한 인상에 어두컴컴한 방에서 혼자 일하는 사람. 첫인상이 딱 그랬다.

그리고 대망의 마지막 사람만 남았다. 회사 입구 프론트 데

스크에 홀로 앉아서 처음 오는 사람들에게 안내를 하면서 회사의 얼굴 역할을 하는 사람. 이제껏 사람들도 다 인상이 좋았으니 가볍게 인사만 하면 끝나겠구나 생각하면서 복도의 마지막 코너를 돌아 데스크 쪽으로 가는데 그녀의 표정이 심상치 않다. 지금 이 상황이 슬로우 모션으로 진행되는 듯한 느낌, 웃음기 하나 없이 무표정한 얼굴이 싸늘해 보였다.

그런데 그녀의 첫 느낌은 '예쁘다'였다. 작지만 오뚝 선 코에 쌍꺼풀이 옅게 진 작은 눈, 날개형의 빨간 입술까지 눈코입이 잘 어울려 달걀형인 얼굴에 오목조목 놓여 있다. 그 예쁜 사람이 나를 위아래로 쳐다본다. 옆에 다른 여자와 이야기를 하면서. 그 눈빛과 기세 그리고 나는 처음 온 이방인이라는 모든 사실들이 뒤엉켜 절로 눈이 아래로 내려갔다.

그러다 초반부터 이러면 안 된다는 생각이 들었다. 무슨 적개심에 나를 그렇게 쳐다보는지는 모르겠지만 그 적개심을 풀 수 있는 한 가지 방법이 생각났다. **솔직하게 칭찬해 주는 것**. 누가 자신을 칭찬하는데 계속 싸늘한 표정일 수 있겠는가.

나는 다시 고개를 들어 인사하면서 말했다.

"와~ 엄청 예쁘세요."

여자의 표정을 살폈다. 절대 올라가지 않을 것 같은 여자의 입꼬리가 재빠르게 올라가면서 웃음을 터뜨렸다. 내가 먼저 호의를 보이니 그녀도 호의를 보이기 시작했다.

"좀 있다가 숙소 같이 가요. 우리 같은 방에서 생활해야 하니까 알려줄게요."

알고 보니 같은 방을 써야 하는 사람이었고, 내가 온다는 소식을 이틀 전에 들어서 이불을 새로 빨고, 방 정리를 하는 등 혼자 바빴던 것이다. 사실은 내가 온다는 사실을 늦게 알려준 사람에게 불만이 있었는데 회사 상사이기에 불만을 표시 못 하고 그 화살이 나에게로 향한 것이었다.

처음에는 자신의 감정을 저렇게 있는 그대로 표출하는 사람을 싫어했다. 사회에서는 적당히 감정을 숨길 줄도 알아야 하고, 가면도 써야 한다고 생각했다. 그런데 중국인들은 대부분 그렇지 않다는 사실을 알게 됐다. 그중에서도 이 여자가 특히 심했다. 그런데 반대로 그만큼 자신의 약한 부분, 힘든 부분 등을 솔직하게 드러내는 사람이기에 속에 악감정이 없다. 그래서 같이 지내는 동안 편했다.

외로움을 현명하게 대처하는 법

상해에 오기 전에는 모든 생활이 즐거울 거라 생각했다. 현지에 살면 당연히 중국어는 잘하게 될 거라 믿었고, 다른 나라 문화를 체험하면서 **하루하루 새로움을 맛보느라 행복해하는 내 모습을 상상했었다.**

이런 나의 행복한 상상과는 달리 새로 맡은 회사 업무에 적응하는 데 진이 너무 빠져 다른 것들을 즐길 수가 없었다. 막 인턴을 끝낸 신입사원이라 일을 배우고 실무에 적용하는 것에 시간이 많이 걸리고, 다 해내지 못하면 야근을 해야 했고, 일이 바쁠 때는 주말에도 나가 해결해야 했다. 한 가지를 간신히 끝내면 다른 일이 주어졌고 매일매일이 벽에 부딪치는 느낌이었다.

일을 겨우 끝내고 지친 몸을 이끌고 집에 와도 문제였다. 나 혼자 있을 공간이 없어서 더욱 힘들었다. 방을 같이 쓰니 통화하는 소리나 취미생활 등 상대에게 피해를 줄까 봐 최대한 조심했다. 더군다나 얼굴을 마주보고 밥 먹고 대화할 친구가 없었다. 이미 다들 친해진 무리가 있기에 내가 낄 수 있는 무리가 없었다. 그렇게 표면적으로 사람들과 관계를 맺었지만 **시간이 흐르자 외로움이 쌓여 갔다.**

타지에서 혼자 생활하는 한국인들을 위한 한인 커뮤니티가 있다. 처음에는 이렇게까지 만나야 하나 싶었는데 외로움이 깊어지니 나도 모르게 그 사이트에 접속하게 되었다.

'20대 후반의 친하게 지낼 여자분들 바라요.'

'홍첸루 근처에서 같이 놀 분 오세요.'

사람들은 대부분 생각이 비슷하다. 가까운 거리, 비슷한 나이, 같은 학교 등 공통점이 하나라도 있는 사람을 친구로 두길 원한다. 그중 나는 나이를 택했다. 온라인을 통해 사람을 만나기는 처음이다. 한국에서는 절대 안 했을 행동을 외국에서는 하게 된다. 나도 몰랐던 내가 튀어나온다. 장담한다. **자신의 새로운 모습을 보고 싶다면 낯선 곳으로 가라.**

약속 장소를 정한 후 만나서 유명 식당으로 가 음식을 시키고 술을 마셨다. 처음 보는 사이였지만 이때까지 살아온 이야기와 평소 갖고 있는 생각들, 어떻게 이렇게 커뮤니티에 글을 올리게 되었는지 등에 대해 이야기를 나눴다. 그리고 끝이었다. 흔히들 이렇게 만나면 다음 약속을 기약하거나 하지만 이게 현실이 아닌가 싶다. 모두들 외로워서 누군가를 만나 보려 하지만 아무나 만나면 이렇게 끝이 난다. 결국 서로 마음이 통하지 않은 것이다. 평소라면 쓰지 않을 만큼의 돈을 써 버려서 그 점이 무척 안타까웠다. 밤낮으로 열심히 번 돈인데 말이다.

그 후로는 외로워도 커뮤니티를 통해 누군가를 만나지 않겠다고 결심했다. 크리스마스 때 차이고 교수님을 찾아가서 논문을 쓰던 때를 생각했다. **외로움에 누군가를 필요로 하는 것보다 더 확실하고, 더불어 나를 성장시켜 줄 방법은 하나. 바로 어딘가에 집중하는 것.**

나는 이번에 중국어를 잡았다. 이왕 이렇게 된 거 중국어 한번 열심히 해보자.

외국어 공부도 8할이 기

10년 이상 영어공부를 하면서 느낀 게 있다. 내 실력이 아직도 부족하다는 것. 토익 점수 900점을 넘기고, 이런 어플 저런 어플을 써 봤지만 결국 잘 안 하게 되는 건 사실이다. 실제로 대화를 하려고 하면 이미 기가 죽어 있다. 누군가 나의 높은 토익 점수에 맞춰진 기대를 할 것이고, 그만큼은 아닌 걸 스스로 알기에 할 수 있는 것도 목소리가 기어들어 간다.

누군가는 영어공부에 대한 의지박약이라고 말할 것이다. 사실 맞다. 한국에서 영어 쓸 일이 거의 없다는 게 현실이다. 그러니 어플이니 뭐니 해서 돈을 쓰면서 굳이 영어를 사용하는 시간을 따로 만드는 거 아니겠나.

회사에서는 영어를 쓸 일이 종종 있다. 중국인과 한국인이 섞여 있으니 한 언어로 통일해야 한다. 그래서 간단한 대화는 영어로 하고 디테일이 필요한 이야기들은 통역하는 사람이 옆에 있다. 그럼에도 불구하고 간단한 대화를 완벽한 문장이 아닌 단어를 던지는 식으로 하는 나를 돌아보고 부끄러웠던 적이 많다. 새로 시작하는 언어를 이런 식으로 끝이 나게 할 수 없다. 그러니 이번엔 철저히 회화 위주로 가야겠다고 생각했다.

'어차피 나는 초보다. 그러니 부끄러워하지 말고 분석하지 말고 일단 뱉자.'

내가 선택한 수단은 유튜브다. 중국어가 아무래도 뜨고 있어서 그런지 유튜브에는 중국어 관련 강의 영상이 아주 많았다. 아침에 평소보다 한 시간 일찍 일어나서 영상을 보고 입으로 계속 따라했다. 인사부터 시작해서 간단하게 바로 쓸 수 있는 회화들을 휴대폰에 적어 놓고 화장실 갈 때마다 꺼내서 보고 연습했다. 우리나라 교육방식은 철저히 따르지 않기로 결심한 터라 시험 치듯이 책 보고 읽는 건 하지 않았다.

중국어 공부를 열심히 한 뒤 그날 배운 건 수시로 동봉을 찾아가서 말을 걸고 사용했다. 사실 회사 동료 느낌보다 그는 착한 오빠에 가까웠다. 항상 밝은 표정이라 다가가기도 편했고, 공부하는 내가 기특해 보였는지 계속 말 상대가 되어 줬다. 기숙사가 같은 아파트라 퇴근할 때도 같이 가곤 했다. 바로 가는

지름길이 있었지만 중국어로 대화하고 가르쳐 주기 위해 빙 둘러 한 시간씩이나 걸어서 가 주곤 했다.

"워 시앙 마마."

내가 이렇게 짧은 문장이라도 이야기를 하면 "와 발음이 엄청 좋아요! 민지 씨 중국어 엄청 잘한다!"라고 이야기해 줬다.

그는 대화상대가 되어 주고 조금만 잘해도 칭찬을 많이 해주었다. 마치 어린아이가 옹알이를 하다가 입을 떼면 부모가 기뻐해 주듯 말이다. 생각해 보면 새로운 언어를 배운다는 건 아기 상태에서 출발하는 것과 같다. 그래서 복잡한 문법이나 단어 암기의 어른식 공부가 아닌 아기식의 언어 접근이 필요한데 그가 그 역할을 해 준 것이다.

나의 중국어 자신감은 그렇게 그 덕분에 올라갔고, 더 잘하고 싶어 배운 건 그에게 항상 써먹곤 했다.

나는 운이 좋았다. 그와 친해져서 그가 말할 상대가 되어줬기에 수월했다. 그리고 같은 공간에 있으면서 나 이외에 중국어 공부를 하던 사람이 없었고, 그에게 직접 가서 대화를 시도하는 사람도 없었다.

뭐든지 도움을 요청하고 기가 살아야 자신감이 살고 자신감이 살아야 용기가 생긴다.

삶에 활력이 도니 따라오는 것들

중국어를 공부하면서 어딘가에 집중하기 시작하니 외로움이나 향수병이 생기기는커녕 바빠졌다. 그전에는 집에 가면 뭐 하나, 주말에는 뭐 하나, 이런 생각들로 채워졌다면 이제는 배운 중국어를 어디 가서 써 먹을까 하는 고민이 시작됐다.

삶에 활기가 도니 다른 사람들에게도 밝은 모습이 보였나 보다. 회사에서 좀 더 적극적으로 이 사람 저 사람과 좀 더 친하게 대화하기 시작했고, 관계의 범위가 점점 넓어졌다.

아침마다 마주쳐서 인사를 하고 지내는 다른 부서 언니가 있었다. 점심을 먹고 이를 닦으러 화장실에 가면서 잠시 그 부서에 들렀다. 그런데 모니터에 아주 낯익은 얼굴이 보였다. 내가 평소에 보던 유튜버의 얼굴이었다. 20대에 이 채널을 보는 사람이 드물다는 걸 알고 있기에 너무 반가웠다.

"어 언니! 나도 이 채널 애청자인데!"

그날 서로의 관심사가 같다는 걸 알게 되었다. 언니도 자신의 생각을 온전히 말하고 공감할 사람이 회사에 없었기에 서로의 취향이 비슷하단 걸 알고 기뻐했다. 그리고 나에게 자신이 좋아하는 유튜브 채널을 여러 개 추천해 주었다.

이를 계기로 우리는 급속도로 친해졌다. 언니는 한국인이었지만 중국에서 유학생활을 해온 탓에 중국에 대해 잘 알고 있었다. 언니를 따라다니면서 못 보던 세상을 보았고 언니와 친해진 이후로 점점 더 많은 사람들과 잘 지내게 되었다. 정말 마음 터놓고 이야기할 수 있는 두 명의 언니, 두 명의 오빠가 생겨 그들과 함께 어울렸다. 이때부터 나의 상해 생활이 180도 달라지기

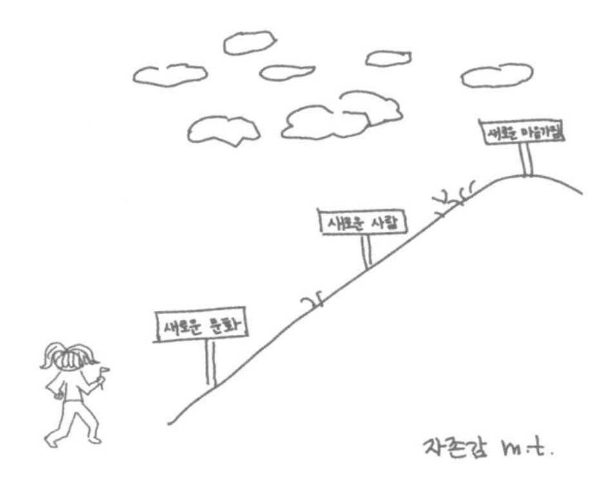

시작했다. 살면서 한 번도 가 보지 않았던 클럽에 가서 많은 사람들 속에서 춤을 추고 빠이주도 처음 먹어 봤다. 술을 왜 마시는지 몰랐는데 마셔 보니 구름 위를 걷는 듯한 기분이었다.

혼자라면 절대 안 먹었을 음식인 마라탕과 마라샹궈도 먹었다. 처음에는 세상에 이런 음식이 있나 싶었다. 달콤한 맛이 아니면 잘 안 먹던 내가 혀가 아릴 정도로 매운 중국음식을 먹고, 나중에는 좋아하게 되었다.

부자들만 갈 것이라고 생각한 상해의 제일 높은 꼭대기 층 바에도 갔다. 건물 안으로 들어갈 때부터 기가 죽었다. 나 같은 일반인이 들어가면 대우도 못 받을 줄 알았기 때문이다. 그런데 아니었다. 누구나 갈 수 있고, 음료 가격도 일반 식당과 조금밖에 차이 나지 않았다. 그 높은 층에서 인민 광장을 내려다보며 야경을 구경하는데, 내가 이렇게 좋은 곳에서 멋진 광경을 보며 칵테일을 마시고 있다는 사실이 믿기지 않았다.

인생이란 어찌 보면 참 희한하다. 나 혼자였다면 상해에 이런 곳이 있다는 사실도 모른 채 지냈을 것이다. 알았다고 해도 중국어를 익힌 아주 오랜 시간 뒤에야 알게 됐을 것이다. 그렇다고 해도 갈 생각이나 했을까? 장담하는데 100% 갈 생각조차 안 했을 것이다. 그런데 언니를 믿고 그냥 따랐다. 점원 앞에서 기 죽은 표정을 드러내지 않으려는 찰나 우리는 테이블로 안내

됐고, 주문을 했다. 이렇게 간단한 것을. **그저 약간의 용기만이 필요할 뿐이다.**

이후로 나는 처음 가 보는 곳에 가는 것을 무서워하거나 어림잡아 어떠할 것이라고 추측하는 것을 멈추었다. 그 대신 일단 들어갔다. 이 세상에 나를 저지할 사람은 없다. 내가 당당하면 사람들은 나를 이런 곳에 당연히 오는 사람이라고 생각한다.

신입이 외국인 감독을 만날 때 기죽지 않는 법

CG팀에서 일반 사원이 광고 영상의 감독을 마주치는 경우는 거의 없다. 이야기를 나눌 기회도 없다. 대부분 실장님과 감독님들이 상의한 다음에 일반 사원들에게 이야기가 전달된다. 그런데 회사가 크지 않을 경우에는 상황이 달라질 수 있다.

취업 전에 내가 고민했던 건 대기업에 갈 수 있을까 없을까보다는 작은 곳에 가면 다양한 파트를 다 경험할 수 있는데 큰 곳에 가면 한 파트만 해야 하니 경험 부분으로 손해를 보지는 않을까 하는 생각이었다. 그만큼 실력으로 승부를 보는 세계에 있기 때문이다.

상해의 회사는 서울보다 규모가 작다. 서울보다는 직원이 적다 보니 신입이지만 프로젝트 한 개를 오롯이 책임져야 하는 경우가 생긴다. 상해에 간 지 얼마 되지 않았을 무렵, 실장님이 나를 부르셨다.

"민지야, 다른 사람들은 다들 바빠서 이번 광고는 네가 맡아서 해야 될 거야. 해보다가 막막하면 와서 물어봐."

이런 상황이 오리라고는 한 번도 생각해 본 적이 없다. 6개월 차라고는 하지만 첫 3개월은 인턴이라 일을 한 적이 없었고, 이제 3개월 차라고 할 수 있다. 막막하고 두려웠다. 그렇게 어려운 프로젝트는 아니라고 설명해 줬음에도 불구하고 내가 일을 망치진 않을까 하는 불안감이 앞섰다.

'아직 신입인데 어떻게 프로젝트 하나를 벌써 맡지?'

내 역량이 그만큼은 안 될 것 같았다. 그래도 인턴 때 과제를 하면서 혼자 스케줄을 짜고 그에 맞춰서 하나씩 해 나갔던 경험을 살려 해보자 결심했다.

화장품 광고라 제품부터 똑같이 3D 모델을 만들어야 했다. 그것부터 시작해서 모든 장면들을 나의 상상력을 동원해 영상으로 만들었다. 내가 처음 정한 대로 컨펌이 나진 않겠지만 영상은 첫 느낌을 잘 잡는 게 중요하다. 같은 팀 대리님에게 몇 번 묻고 싶었지만 다른 일로 충분히 바빠 보여서 질문을 많이 못 했다. 대리님이 나에게 줄 수 있는 답은 하나였다.

"그냥 미친 척 엉뚱하게 카메라를 많이 잡아 봐요. 무서워하지 말고. 그게 아니다 싶으면 지우고 새로 하면 되지 뭐가 문제예요."

그렇다. 그냥 지우고 새로 하면 되는데 뭐가 무서워서 하나의 생각에서 벗어나지 못했을까. 나 혼자 머리를 끙끙 싸매면서 구도를 새로 잡기도 하고 빠르기도 다양하게 조절해 가면서 이것저것 시도를 했다. 혼자 끙끙대는 모습이 안쓰러웠는지 여러 사람들이 지나가면서 한마디씩 해 주었다. 그 반응들을 종합해 다시 고치고 또 고쳤다. 그렇게 한 달이 지난 뒤, 대리님이 하고 있던 프로젝트에 여유가 생겨 내가 작업한 걸 한번 봐 주셨다.

"다른 사람 피드백 없이 이만큼 만든 거예요?"

워낙 표정의 변화가 없고 감정의 폭이 크지 않은 사람이라 얼굴 근육의 미세함을 잘 살펴야 진짜 의미를 해석할 수 있다. 마이웨이를 강력히 주장하는 대리님이라 어떤 말씀을 하실까 긴장이 됐다.

"잘했어요. 진짜 잘했어요. 대단한데?"

몇 개월을 같이 지내면서도 표현을 잘 하지 않았던 분이라 아직 어색한 시기였다. 그런데 그런 분으로부터 칭찬을 들었다. 아직 수정해야 할 부분들이 많지만 혼자서 끙끙대며 한 것치고는 훌륭하다고 했다. 정말 하늘을 나는 듯했고 작업에 대한 자신감이 조금씩 자라기 시작했다.

그렇게 프로젝트 한 개를 끝마친 후, 다음 프로젝트로 유축기 광고를 맡게 되었다. 이번 광고는 아기가 엄마 젖을 빠는 모습을 애니메이션으로 표현해야 했다. 작업을 여러 번 하고 컨펌을 받았는데 광고를 기획한 감독의 의견과는 조금 다른 그림이 나오게 되었다. 그래서 다시 회의를 하기 위해 팀장님이 감독님과의 미팅을 잡았는데, 여러 번의 컨펌으로 대화가 이미 많이 오간 사이라 직접 작업을 하는 내가 같이 미팅을 갔으면 하셨다. 사실 처음에는 약간 들떴다. 보통 1년이 안 된 신입사원은 감독과 이야기를 하는 자리에 절대 갈 수가 없다. 그런데 이 프로젝트를 온전히 혼자 맡고 있다 보니 갈 수밖에 없는 상황이었다. 미팅 룸 안으로 들어가니 외국인 한 명이 있었다. 감독님이 영국 사람이었던 것이다.

알고 보니 팀장님과 감독님 그리고 통역가, 이렇게 세 사람이 미팅을 해 왔던 것이다. 팀장님은 한국인, 감독님은 영국인, 통역가는 중국인. 세 개국의 사람들이 앉아서 이야기를 하는데 이들에게는 다 소통 가능한 공통의 언어가 없었다. 그래서 팀장님이 한국말로 이야기를 하면 한국어가 가능한 중국인 통역가가 영어로 감독에게 이야기를 전달하는 방식으로 대화를 이어 간다. 이때까지 그렇게 해 왔고, 그 후에 대화한 내용을 팀장님이 정리해서 나에게 수정할 부분들을 전달해 준 것이었다.

그런데 이렇게 하다 보면 문제가 생긴다. 한국어가 익숙하지 않은 중국인의 통역이라 원래 상대방이 말한 의도와는 다른 내용으로 전달되기도 한다. 더군다나 완벽하게 이해가 안 간 상태에서 자신의 추측으로 통역을 하다 보니 어디서부터 말이 틀어진 건지 알 수가 없을 때도 많다. 그래서 팀장님은 그 사태를 막고자 내가 영어를 어느 정도 할 줄 아니 감독의 의견을 나에게 바로 전달받았으면 좋겠다고 하셨다.

그렇게 해서 1년도 안 된 내가 직접 미팅에 참가해서 감독님의 의견을 듣게 되었다. 나도 유창한 영어실력을 가진 건 아니지만 바로 감독님의 의도를 이해할 수 있었고, 미팅은 순탄하게 끝났다. 그 미팅에 참여했다는 것 자체가, 미팅에서 의견이 어떻게 공유되는지를 봤다는 것만으로도 나에겐 크나큰 경험이었다.

감독님도 나를 일개 사원으로 생각하기보다는 같이 작업하는 아티스트라고 여기면서 의견을 전달해 줬기에 큰 부담감 없이 할 수 있었다. **지위가 높은 사람 앞에 가면 긴장을 많이 한다든지 기가 죽는 건 어쩔 수 없다.** 그러나 일이 잘 진행되게 하기 위해서는 윗사람의 진행이 중요할 수밖에 없는데 그 부분을 감독님이 잘해 주셨다.

팀장님도 직위에 연연해서 사원은 팀장이 말하는 대로 하면 된다는 생각이 아닌, **잘할 수 있는 사람이 바로 참여하면 일이 한결 수월해질 거라 생각하고 나를 데리고 간 결단력이 존경스러웠다.**

새로운 환경의 힘

그리 길지 않은 인생을 살면서 내면적으로 가장 많은 변화가 있었던 시기는 서울에서 직장생활을 하고 상해로까지 파견을 가고 나서이다. '성장'이라는 단어를 쓸까 하다가 지운 건 성장이 아니라 '변화'에 더 가깝기 때문이다. 부모님조차도 성격이 왜 이렇게 많이 변했냐고 할 정도니까.

나는 25년을 대구에서 살면서 익히 알고 있던 장소에 매번 가고, 알고 지낸 사람들만 만나고 지내다가 서울과 상해라는 전혀 새로운 환경에 놓이게 되었다.

회사에 입사해서 동갑내기 두 명과 친구가 됐다. 그들은 중학교, 고등학교, 대학교를 다니면서 친했던 친구들과는 전혀 성향이 달랐다. 그동안 알던 대부분의 친구들은 공부를 열심히 하는 편이었다. 그런데 이 두 친구는 털털하고 성격도 화끈한

스타일이다.

일반적으로 사람들의 내면에는 여러 성격들이 복합되어 있다. 그런데 한 곳에서 지내거나 만나던 사람들만 만나면 나도 모르게 한 쪽의 성격만을 가지고 있다 착각하게 된다. 나는 대구에 살면서 내 성격을 좋아하기도 싫어하기도 했다. 뭔가 답답한 느낌이 들었다. 나에겐 다른 모습도 분명 있는데 그걸 드러낼 공간이 없었고, 어떻게 드러내야 하는지도 몰랐다. 그런데 이 두 친구들과 지내면서 나의 새로운 모습들이 드러나기 시작했다. 항상 가져왔던 안 맞는 옷을 입고 다닌다는 생각이 사라졌다.

그리고 상해에서 외국인들과 생활하고, 다른 곳에서 살다 온 언니, 오빠들과 친해지면서 성격이 복합적이 되어 새롭게 태어났다. 이곳에서 만나 친하게 된 회사 언니들, 머리 긴 컬러 실장님, 특이한 성격의 예쁜 중국인, 자상한 상해 남자 등 어쩌면 죽을 때까지 못 만날 수도 있는 여러 사람들을 한 곳에서 만난 것이다. 이때의 경험이 없었다면 이렇게 정신적으로 발전한 나는 존재하지 않았을 것이다.

이렇게 성장할 수 있었던 이유는 내가 새로운 환경을 경험했기 때문이다. 나와는 정말 다른 삶을 살고 있는 사람들, 새로운 문화 등을 접했기 때문이다.

매번 다이어트 걱정으로 맛있는 것도 새 모이만큼 먹고, 음료는 차로 마시고, 하루라도 요가를 안 하면 하체 비만이 될까 봐 두려워하곤 했다. 그런데 중국 사람들은 남의 시선을 조금도 의식하지 않았다. 옷을 촌스럽게 입어도, 키가 작아도 뚱뚱해도 당당했고, 남에게 큰 관심이 없었다. 그런 모습을 보고 나도 사람들의 시선을 점점 더 무시할 수 있게 되었다. 이제는 운동화도 신고, 살이 쪄도 괜찮다고 생각하고, 화장을 하지 않고도 잘만 다닌다.

내가 만난 한 사람 한 사람이 나를 조금씩 바꾸었고, 자존감이 높아지도록 만들어 주었다. 아이 하나를 키우려면 온 마을이 필요하다고 하지 않나. 나는 성장하기 위해 새로운 환경의 사람들이 필요했다. **성장하고 싶다면 새로운 환경을 접하고 부딪치고 적응하는 과정이 꼭 필요하다고 말하고 싶다.**

3장

내가 나를 의심할 때

구두 없이는 세상 밖으로 나가지 못하는 여자

한국에 살면서 외모로 고통받지 않은 사람은 없을 것이다. 어릴 적부터 TV를 통해 예쁜 것, 날씬한 것, 여자는 이런 얼굴형이어야 미인이다, 눈이 커야 예쁘다 등 외모에 관한 언급을 항상 들으며 자라 왔다.

남자도 예외는 아니다. 키는 얼마만큼 커야 하고, 몸은 다부지고, 어깨가 넓어야 남자답다 등 성인이 될 때까지 멋있음을 요구하는 외적인 조건들이 수두룩하다.

한때 만족감 1위인 수술이 '키 커지는 수술'이라는 말이 나돌았다. 한국에서 키는 대단히 중요한 요소가 된다. TV 광고에도 키 크는 약, 디저트, 책 등 성장에 관한 정보들과 아이가 크지 않는 것이 고민이라는 부모들을 많이 보여주었다. 그러면 우리는 자연스럽게 생각한다.

'키가 작다는 건 안 좋은 것이구나.'

그 사실이 대체적으로 나의 자신감을 떨어뜨려 왔다. 나는 초등학교 때부터 운동장에 줄을 서면 맨 앞을 벗어난 적이 없었다. 어릴 때는 그래도 부끄러워할 일이라는 걸 모르지만 학년이 올라갈수록 키는 놀림의 대상이 된다는 걸 알았다.

부모님이 작아서 유전적으로 내 키가 클 수 있는 정도가 한정되어 있다는 건 알았지만 다른 노력을 하면 클 수 있을 거라는 희망을 가졌었다. 그래서 자기 전에 키 크는 운동을 매일 하고, 엄마가 주는 콩 우유를 열심히 마셨지만 내 몸은 클 생각을 안 했다. 얼마나 그게 고민이었으면 중학교 때 이런 생각까지 했을까.

'스무 살이 넘었을 때, 160cm가 안 되면 살 이유가 없다.'

크지 않는 내 몸을 비난하고, 못나게 보면서 살아왔다. 무수한 노력에도 잘 크지 않기에 고등학교 때 병원을 찾아갔다. 나의 성장판이 닫혔는지 확인하고 싶었다. 중학교 때 검사해 보고 조치를 취했어야 했는데 이미 늦은 걸 알았지만 내 눈으로 확인해 보고 싶었다.

역시나 의사의 대답은 이미 성장판이 닫혔다는 말. 그렇다고 죽을 거냐, 그건 아니었다. 그래서 어디를 가든지 높은 구두

를 신어야겠다고 다짐했다. 그리고 많이 걸어야 하는 곳에는 잘 가지 않았다. 운동화를 신어야 했기 때문이다. 평소 가장 부러워했던 사람은 운동화를 마음놓고 신어도 되는 사람이었다.

스물한 살 때 사귄 남자친구의 키가 185cm였다. 남자친구는 사귀자마자 커플 아이템을 하고 싶어 했다. 그러던 어느 날, 내 눈 앞에 꺼낸 것이 운동화였다.

"아… 오빠 나 운동화는 안 신는데…. 나 구두만 신어."

"아니야. 너는 운동화 신어도 예뻐. 요정 같을 거야."

다음 날 통영으로 데이트를 가기로 했기에 옷을 차려 입고 신발을 신으러 현관으로 갔다. 가서 재미있게 놀려면 많이 걸어야 하는데 구두를 신어도 될까 하는 생각 때문에 문 앞에서 한참을 고민했다.

'그래도 선물해 준 건데, 운동화 신을까? 아냐. 구두 신어야 키가 좀 커버될 것 같은데….'

그렇게 30분 동안 구두를 신었다 운동화를 신었다 번갈아 가며 내 모습을 계속 확인했다. 이왕 이렇게 된 거 '운동화 신은 내 모습도 사랑해 주겠지.' 생각하며 큰 용기를 내 운동화를 신었다.

내 모습을 본 남자친구는 보자마자 말했다.

"아… 생각보다 많이 작네?"

기분이 조금 상했지만 크게 티를 내지 않았다. 그런데 통영에 도착해 즐겁게 다니고 있는데, 어떤 시선들이 느껴졌다. 우리의 큰 키 차이 때문에 수군거린다는 느낌이 들었다. 나중엔 사람들이 웃는 소리만 들려도 우리를 보고 웃는 듯한 착각에까지 빠졌다.

집에 도착해 헤어지기 전, 남자친구가 나를 잡고 말했다.

"그냥 이제 나 만날 때는 항상 구두 신어. 알았지?"

남자친구도 그동안은 내 키에 대해 별 신경을 안 쓰고 있다가 자꾸 쳐다보는 사람들의 시선을 받고는 신경을 안 쓸 수 없었나 보다.

자존심이 상했고, 너무 서운했다. 그런데 그 감정을 어떻게 해야 할지 몰랐다. 더 서운해해야 하는 게 맞는 건지, 그렇게 말했다가 사이가 틀어지면 어떻게 하나 혼란스러웠다. 그래서 그 감정을 무시하기로 하고 나 스스로를 설득했다.

'그냥 구두 신으면 되지 뭐.'

그렇게 아무렇지 않은 척하면서 남자친구를 만날 때면 항상 굽이 10cm나 되는 높은 구두를 신었다. 지금 생각해 보면 그렇게 구두를 신을 때마다 나의 자존감을 1cm씩 눌렀던 것 같다.

구두만 신고 다닌 지 어언 5년이 흘렀다. 그 동안 혼자 산책할 때 빼고는 슈퍼에 갈 때나 학교에 갈 때나 늘 구두를 신었다. 구두를 안 신으면 어디 나가기 부끄러울 정도가 되었다. 그리고 나는 내 자신을 누구에게 그대로 드러내기 부끄러워한다는 자책을 하기 시작했다. 그렇게 나를 짓누르는 걸 반복하면서도 구두 신기를 멈추지 못한 채 중국에 왔고, 이곳에서도 항상 구두를 신고 출근했다.

중국에서 생활한 지 6개월이 지날 때였다. 회사에서 인력 충원을 위해 여러 사람을 뽑기 시작했는데 대부분 신입이 아닌 경력자들이었다. 문을 열고 못 보던 사람들 세 명이 우르르 우리 팀으로 들어왔다. 새로 들어온 사람들이 자기소개를 하기 위해 부서를 돌며 인사하는 중이었다.

그때, 아주 특이한 모습을 한 사람이 눈에 들어왔다. 허리까지 내려오는 긴 검정 머리에 턱수염을 멋있게 기른 남자가 빵모자를 쓰고 강렬한 눈빛을 쏘고 있었다. 난 몰랐다. 그가 지난 **26년 간의 내 키 콤플렉스를 풀어 줄 구원자라는 것을!**

내 키가 사랑스럽다는 대만 남자

"Hello. My name is Kuro."

그는 그의 옆에 선 모든 사람들을 정상적으로 보이게끔 만들어 주는 장점을 가지고 있다. 어떤 사람이 옆에 서도 '그'만 눈에 들어왔다.

'쿠로'라는 이름을 처음 듣고는 일본 사람이라고 생각했다. '검정 빛깔'이라는 일본어 뜻을 담고 있으니까. 그리고 그 이름과 아주 잘 매치되는 분위기의 사람이었다. 말이 많지 않고, 사람들 눈에 잘 띄지 않고, 검정색의 긴 머리카락을 가졌으니까.

그래서 회사의 모든 사람들이 그에 관해 궁금해했다. 어떻게 이 회사에 들어왔는지, 성격은 어떤지 등 그와 친한 사람이 아직 없었기에 그에 대한 모든 것들이 베일에 쌓인 채 소문만

무성해져 갔다.

실제로 알 수 있는 내용은 그가 일본 사람이 아니라는 것. 그리고 컬러팀의 실장직으로 온 사람이라는 것. 딱 이 두 가지뿐이었다. 컬러팀에 프랑스 이름을 가진 Louis 한 명밖에 없기 때문에 그 팀 실장으로 온 건 놀랍지 않았는데, 일본 사람이 아니라는 것은 대단히 놀라웠다. 그럼 도대체 어느 나라 사람인 거지?

시간이 흐르고 점점 더 마주칠 일이 없자 그에 대한 관심도 시들해졌다. 그렇게 두 달이 흘렀다. 그러던 어느 날, 나는 일을 미리 다 마쳐 놓은 상태라 한가했다. 그래서 오랜만에 컬러팀에 있는 Louis와 수다를 떨러 그 방으로 갔다. 방에는 Kuro가 긴 검정 머리를 늘어뜨리며 앉아 있었다. 처음 정식으로 마주하는 상황이라 어색한 분위기에 손을 살짝 흔들며 인사를 했다.

"Hello. My name is Stella."

외국인들과 함께 일하는 곳이라 회사에서는 영어 이름 쓰기를 권장했고, 나의 영어 이름은 'Stella'다. 한국인 실장님이었다면 고개 숙여 인사하고, 존댓말을 쓰는 등 대하는 게 어려웠을 것이다. 그런데 영어로 대화하면 친구 같아지는 느낌이 있어서 말투와 행동이 편해진다. 그래서 Kuro는 실장이고 Louis는 대리라는 직함을 가지고 있지만 서로 직급을 의식하지 않고 자기 할 일을 각자 배분해서 하곤 한다.

루이스를 만나러 갔지만 쿠로와도 같이 이야기를 나누게 되었다. 쿠로 앞에는 일본어 책과 중국에서 유명한 브랜드인 이디엔디엔의 밀크티가 놓여 있었다. 그래서 예전부터 궁금했던 질문을 했다.

"Where are you from?"

"Taiwan."

그의 목소리는 조용하면서도 시크했다. 알고 보니 그는 대만 사람이지만 일본을 동경해서 일본어 공부도 하고 이름도 그렇게 지은 것이었다. 쿠로는 그 회사에서 주변 몇 사람을 제외하고는 친한 사람이 없었고, 여자는 더욱 없었다. 그래서 내가 말을 걸고 여러 이야기를 나눈 게 그에게는 좀 더 큰 의미로 다가왔나 보다.

회사에서 일주일 뒤에 파티를 연다. 더 많은 광고주들을 영입하고, 이제껏 회사에서 어떤 일들을 성사시켰는지를 알리기 위한 파티다. 그래서 각 팀마다 자신의 팀을 알리는 영상을 만들고 팀의 내부를 성격에 맞게 꾸미라는 지시가 떨어졌다. 각 팀들은 어떤 식으로 콘셉트를 잡을지 논의해야 해서 평소에는 일 때문에 바쁘기에 주말에 나와서 상의하기로 했다. 그런데 마침, 컬러팀도 주말에 회사를 나왔다.

"팀 회의 다 끝나면 우리 컬러팀 것도 좀 도와줘요."

Louis가 나에게 도움을 청했다. 그래서 팀 회의가 끝난 뒤에 컬러팀으로 가니 그 둘은 자신의 능력을 광고주나 손님들에게 어필할 영상을 편집하고 있었다. 멀뚱히 둘이 하는 걸 지켜보고 있는데 쿠로가 나를 조심스럽게 불렀다.

"Stella, will you help me?"

나는 컬러에 대해서 잘 아는 건 아니었지만 그의 옆으로 가 앉았다. 그가 자신이 만든 영상을 재생시켰다. 힐끗힐끗 그가 나를 쳐다보는 게 느껴졌다. 나는 최대한 모르는 척 노트북 화면만 뚫어지게 봤다. 차 광고, 화장품 광고 등 여러 영상들이 노래에 맞춰서 이어졌다. 영상이 진행될 동안 영상에 집중하기보다는 영어로 어떤 미사여구를 써야 할까를 고민했다. 3분짜리 영상이 끝나고 나는 엄지를 흔들며 말했다.

"Wow. Great!"

그가 나를 보면서 씨익 웃었다. 달리 할 일이 없어 다시 팀으로 돌아와 일하고 있는데 루이스가 들어왔다.

"민지 씨, 쿠로랑 나랑 같이 저녁 먹기로 했는데 같이 가요!"

너무 갑작스러웠다. 밥까지 먹을 만큼 할 이야기는 없는데 싶었다. 아직은 어색한 사이라서 함께 밥을 먹으면 체할 것 같았다. 그런데 순간 이런 생각이 들었다.

'내가 언제 대만 사람이랑 저녁을 먹으면서 친해지겠어?'

안 가면 후회할 거란 생각이 들었고 몸이 들뜨기 시작했다. 셋이서 택시를 탔고 어딘가에 내렸다. 나는 어디로 가는지도 모른 채 그들을 따라가기만 했는데 상해에서 처음 와 보는 동네였다. 유럽의 거리를 연상케 하는 주황색의 은은한 조명이 너무 예뻤고, 오돌토돌한 시멘트 바닥 위에 세워진 해리포터의 다이애건 앨리 거리를 연상시키는 분위기 있는 가게들이 너무 환상적이었다. 거리 중간을 가로지르는 작은 물줄기가 달빛에 비춰 아른거렸다. 내가 지금 이런 곳에 있다는 사실이 믿기지 않았다. 셋 다 배가 너무 고팠기에 레스토랑에 들어가서 피자와 파스타, 달콤한 맥주를 시켰다. 대만과 중국과의 관계에 대한 대만인의 솔직한 현 상황 이야기부터 시작해서 각종 이슈들이 나왔다. 그러다가 음식을 맛있게 먹고 있는 나에게 질문이 들어왔다.

"평소에 대만 남자에 대해서 어떻게 생각해요?"

당황스러웠다. 살면서 대만 남자에 대해 생각해 볼 일이 어디 있겠나. 한국 남자에 대해 생각할 시간도 없는데. 더군다나 한국말로 하면 쉽게 대답할 수 있는 내용을 영어로 구사하려고 하니 너무 어려웠다.

"평소에 생각해 본 적이 없는데…. 대만에 딱 한 번 가 본 기억밖에 없어서. 그리고 대만 남자랑 이야기한 건 당신이 처음이에요."

한참을 고민하다가 기분이 상하지 않을 만한 단어들을 고르고 골라 설명했다.

"You are cute."

어머나 세상에! 깜짝이야! 내 눈이 토끼처럼 동그랗게 떠졌다. 그렇게 영어로 더듬더듬 말하는 모습이 그의 눈에는 귀여워 보였나 보다.

저녁 식사를 끝내고 2차로 칵테일 바로 자리를 옮겼다. 점점 분위기가 무르익으면서 개인적인 질문으로 넘어갔다. 이상형, 좋아하는 것, 싫어하는 것까지 서로 궁금했던 질문들이 쏟아져 나왔다. 외국인에게 호감을 받는 상황이 처음이었기에 나도 그 분위기에 점점 녹아들었다. 밤 12시가 조금 넘었고 바로 집으로 가기가 아쉬웠던 우리 셋은 마지막으로 쿠로가 좋아하는 크림 브륄레를 먹으러 갔다. 나는 크림 브륄레라는 음식이 세상에 존재하는지도 몰랐다. 겉은 얇은 얼음처럼 바삭하고 그 틈을 깨면 나오는 촉촉한 크림 덕분에 입안이 달달했다. 달콤하고 따뜻했던 혀의 촉감이 아직도 기억난다.

그렇게 하루 동안 많은 시간을 보낸 후 두 사람이 나를 집으로 바래다주는 길이었다. 쿠로가 나한테 물었다.

"키가 몇이야? 아주 작은 것 같은데?"

'자기도 그렇게 큰 것 같지도 않은데?'

갑자기 키 이야기를 하니 발끈하게 됐다. 분위기 좋다가 왜 남의 콤플렉스를 건드리는지 모르겠다. 그래서 전동 킥보드를 몰고 있는 그의 팔을 툭 치면서 말했다.

"No! I'm not that short!"

내가 얼굴을 붉히며 말하자, 그가 웃으면서 말을 이어 갔다.

"저 앞에서 여자 세 명이 걸어오는데 그중에 네가 있다면 작지만 귀여운 네가 내 눈에 제일 먼저 띌 거야. 그러니 **키로 스트레스 받지 마. 넌 특별해 보이니까.**"

이런 달콤한 말은 드라마에서나 나오는 줄 알았다. 이런 대사들은 드라마에서나 아름답지 실제로 들으면 오글거릴 것 같았는데 아니었다. 너무 기분이 좋았다. 내가 나를 얼마나 억누르고 살았는지를 생각하게 되면서 예전 남자친구의 말이 스쳐 지나갔다.

"나 만날 때는 구두만 신어."

사실 나는 그 말에 상처를 받았던 거다. 아무렇지 않은 척 했지만 나를 있는 그대로 사랑해 주지 않는다는 의심이 싹트기 시작했던 것이다. 그러면서 내가 나를 점점 비난하고 나조차 있는 그대로의 내 모습을 혐오해 왔던 것이다.

'그저 몇 명의 비난 때문에 내가 나를 가둬 두고 살았구나. 나를 좋아해 주는 사람은 내가 키가 작든 크든 간에 상관없이 나를 있는 그대로 좋아해 주는구나.'

대부분 콤플렉스를 극복하는 법에 대해 이야기할 때 자신의 내면에서부터 힘을 내야 한다고 말한다. 그런데 자신이 어쩌지 못해서, 나 스스로 해결하지 못해서 생긴 게 콤플렉스 아닐까? **외부에서부터 형성된 콤플렉스는 어쩌면 외부로부터 치료받아야 하는 것 아닐까?**

옆에 있던 대리님의 표정이 살짝 굳어 있었다. 피곤해서 그런 거라 생각하고 넘겼다.

이날 이후로 난 운동화를 신기 시작했다. 그리고 키가 작아서 지레짐작으로 안 어울릴 거라 생각하고 시도도 안 해봤던 옷들을 하나씩 사기 시작했다. 그중에서 안에 기모가 달려 있어 따뜻한 긴 캐주얼 후드 원피스를 좋아했다. 운동화를 신고 그 후드 원피스를 입으면 귀여울 거라고 생각했다.

그 옷을 입고 출근하니 언니가 함박웃음을 지으며 말했다.

"아하학! 진짜 귀엽다!"

옆에서 그 모습을 보던 오빠 한 명이 장난을 치면서 말했다.

"백설공주에 나오는 난쟁이 같은데?"

역시 오빠들은 짓궂다. 그 사람들을 뒤로 하고 나의 귀여운 모습을 얼른 보여주고 싶은 사람이 있어서 컬러팀 방으로 달려갔다. 문을 똑똑 두드리고 열었는데 소파에 앉아 있는 사람은 쿠로였다. 쿠로는 내가 와서 반가웠는지 미소를 지으며 들어오라고 했다.

"You look cute. New cloth?"

역시 한번에 알아봤다. 그런데 대리님이 안 보이기에 올 때까지 쿠로와 이야기하면서 기다렸다. 십 분 뒤 대리님이 들어왔다.

"어? 잠깐 쉬러 왔어요?"

그는 이 한마디를 한 뒤 바로 모니터 앞에 가 앉아 기계를 만졌다. 바쁜가 보다. 건성으로 보이는 인사에 서운했다. 옷 보여주려고 왔는데….

그 사람을 좋아하게 된 계기는 어느 한순간이 아니다. 여러 번의 상황이 겹쳤다. 내가 상해에 간 지 한 달이 안 되었을 때 새로운 지사장이 부임하게 되어 환영 파티를 한 날이었다. 멋진 상해의 한 호텔에서 저녁 식사를 하고 난 후 2차로 다 같이 한인타운에 있는 술집에 갔다.

갓 상해에 와서 친한 사람이 없을 때였기에 거의 마지막에 도착하게 된 나는 끝 모서리 자리에 앉았다. 이미 술병들이 많이 비워져 있었고, 의자가 낮은 탓에 나는 술병에 가려졌다. 자리가 점점 불편해져서 딴 곳으로 옮길까 하던 순간, 옆에서 손이 불쑥 튀어나오더니 내 앞에 있던 술병들을 다른 자리로 치우고 있는 게 아닌가. 고개를 들어 보니 컬러팀 대리님이었다.

"민지 씨, 자리가 좀 그래서 안 보이는데 자리 바꿔 줄까요?"

아무도 신경 안 써 주는 술자리에서 유일하게 나를 챙겨 준 사람이었다. 그 당시 친한 사람들이 없어서 외로웠나 보다. 그 무심한 듯한 행동에 내 마음이 콩닥거린 걸 보면 말이다. 그러고도 한동안 마주칠 일이 없자 나도 그 기억을 점점 잊어 갔다.

어느 날, 식당에서 점심식사를 마치고 다시 회사로 향하는 길이었다. 같이 나온 언니가 다른 곳에 볼일이 있는 바람에 나를 옆에 있던 컬러팀 대리님께 애 맡기듯 맡겼다.

"제가 지금 볼일이 있어서 그런데 민지 씨랑 같이 가 줘요."

그렇게 어색하게 같이 가던 중, 대리님이 나한테 물었다.

"민지 씨 영어 잘해요? 여기 회사에서 영어 잘하면 중국인들이랑 대화도 하고 훨씬 좋을 텐데!"

"저 시험 영어는 많이 했는데 스피킹은 좀 약해요."

"아, 스피킹은 많이 해봐야 느는데! 내가 하루에 5분씩 영어로 대화해 줄 테니까 내 방에 와요."

"아, 대리님 영어 잘해요?"

"나 호주에서 대학 다녔는데?"

"정말요? 그럼 저 오늘부터 가도 돼요?"

그렇게 일주일에 두 번은 컬러팀에 들러서 이야기도 하고, 영상의 컬러를 보정하는 기계 만지는 법도 배우면서 급속도로 친해졌다. 그리고 **나는 그 사람이 점점 좋아졌다.** 그런데, 시간이 지날수록 내 마음은 커져 가는데 상대는 아무런 반응이 없었다. 나에게 다정하고 관심이 있어 보이는데도 그는 적극적이지 않았다. 살면서 그렇게 상대방의 마음이 궁금했던 적은 없었다. 그의 손짓 하나, 행동 하나, 말 한 마디에 모든 의미가 부여됐고, 인터넷을 뒤져 가며 그 의미에 정당성을 부여했다. 하루의 기분이 그 사람의 행동으로 좌지우지됐다. 그렇게 혼자 끙끙 앓는 내 모습이 점점 싫어졌고, 혼자 침대에 누워 있으면 눈물이 났다.

남자친구와 헤어진 후에 이렇게 내가 또 누군가를 좋아하게 될 줄은 몰랐다. 더 이상 자존감이 떨어지는 내 모습을 지켜볼 수 없어서 내가 먼저 고백하기로 마음먹었다.

"대리님, 저 좋아해요?"

"에? 내가? 그건 왜?"

그가 놀라는 표정을 지었다. 그러더니 갑자기 침착한 모습으로 나에게 물었다.

"그러는 민지 씨는 나 좋아해요?"

한번에 대답하지 않고 되묻는 그의 모습에 직감은 했다. 그가 밉기도 하고 좋기도 했다. 답을 알 것 같았지만 이왕 이렇게 된 거 다 말하고 속 시원하게 끝내자 생각했다.

"네, 전 좋아해요."

"아… 난 관심은 있는데 그 정도까지는 아닌데…."

그 한마디로 모든 게 설명이 됐다. 내가 혼자 마음속에서 롤러코스터를 탄 이유를. 그의 마음을 확신하지 못했던 이유를.

혹시나 주말에 놀자고 연락이 올까 하루 종일 폰을 켰다 껐다 한 적이 있다. 혹시나 회사 복도에서 마주칠까 우연을 가장하고 화장실을 몇 번이나 들락날락하곤 했다.

짝사랑을 처음 해봐서 남의 마음 얻기가 그렇게 힘든 줄 몰랐다. 매일매일 그 사람의 상황을 합리화하며 나를 달래면서도 비참해지는 건 어쩔 수 없었다. 그래도 혹시나 내 마음과 같게 만들 수 있지 않을까 생각하며 매일 그를 찾아가 잠깐이라도 이야기를 나눴다.

그렇게 몇 개월을 해본 뒤 깨달았다. 내가 아무리 노력해도 얻지 못하는 마음이 있다는 것을. **갖고 싶었지만 갖지 못했던 건 항상 기억에 남는 법이다. 아련해지는 법이다. 아쉬운 법이다.**

그 방에서 풍기던 대리님의 향수가 생각난다. 진하고 상큼한 향기. 한국에서 길거리를 걷다가 가끔 그 향이 코에 스치면 무의식적으로 뒤를 돌아본다. 여기에 그가 없다는 걸 알면서도 그때가 생각나 뒤돌아보는 건 어쩔 수 없다.

유튜브를 시작하다

"유튜브 당장 시작하세요! 휴대폰 카메라랑 핀 마이크 하나면 바로 채널 만들어서 영상 업로드를 할 수 있어요."

유튜브를 매일 보면서도 '내가 유튜버가 되어야지!'라는 생각은 한 번도 해본 적이 없다. **나에게 유튜브란** 방송국과 같았기 때문이다. 연예인처럼 외모가 뛰어나거나 재능이 있어야 하고, 프로그램 작가처럼 콘텐츠를 기가 막히게 짜는 능력이 있어야 하는, **정말 아무나 못 하는 것이라 생각해 왔다.**

그런데 어느 날 회사의 친한 언니가 자신이 즐겨 보는 유튜브 채널을 소개해 줬다. 그 채널은 '비아토르 TV조이'. 이 채널은 대부분 사업이나 인생에 관한 이야기가 주된 콘텐츠다. 회사 일이 없을 때 잠깐씩 영상을 보곤 했는데 추천 동영상에 '유튜브를 시작해야 하는 이유'라는 제목이 내 눈길을 확 끌어당겼다.

뭔가에 홀린 듯 그 영상을 클릭했고, 숨을 죽인 채 5분짜리 영상을 봤다. 영상이 끝난 뒤 내 머릿속에 딱 드는 생각은 '아 이래서 유튜브를 해야 하는구나.'가 아니라 '나도 유튜버가 될 수 있구나!'였다. 놀라웠다.

"유튜브 당장 시작하세요! 휴대폰 카메라랑 핀 마이크 하나면 바로 채널 만들어서 영상 업로드를 할 수 있어요."

이 말 한마디에 유튜브는 생각한 만큼 어려운 영역이 아니라는 걸 깨달았다. 나는 바로 중국의 최대 쇼핑몰 사이트인 '타오바오'에 접속해 핀 마이크를 주문했다. 그리고 퇴근하자마자 샤오미 매장으로 달려가 휴대폰을 걸칠 수 있는 삼각대를 샀다. 일단 유튜브를 시작할 기본적인 장비는 이걸로 끝이다.

그런데 주제는 뭘로 해야 하지? 오랫동안 꾸준히 할 수 있어야 하니 여행이나 먹방 등 피곤하고 자극적인 영상보다는 내가 대학교와 대학원에서 겪은 일들에 대한 경험이나 정보 등 교훈적인 내용을 주제로 콘텐츠를 만들어 보자 싶었다. 그중 사람들의 관심을 끌 수 있는 '대학원'을 골랐다.

다음으로 어떤 내용을 이야기할지 간략한 대본을 적어 보았다. 조명을 구입할 형편이 안 돼 무조건 밝은 날 찍기로 마음먹었다. 태양빛은 어떤 조명으로도 대체할 수 없는 가장 예쁜 빛깔의 빛이기 때문에 이를 최대한 이용하고자 했다.

다음 날 아침, 평소 일어나는 시간보다 한 시간 일찍 일어났다. 큰 창문으로 햇빛이 강하게 들어왔고, 이때를 놓칠 수 없어 얼른 준비를 마치고 휴대폰을 삼각대에 끼운 뒤 침대에 앉았다.

아무도 없고 그냥 카메라 한 대만 놓여 있을 뿐인데 내 몸이 내 몸 같지 않았다. 양팔은 겨드랑이에 딱 붙어서 떨어지거나 조금이라도 움직일 기미가 안 보였고, 내 입과 뇌만 움직일 뿐이었다.

"안녕하세요. 여러분! '**운 좋은 언니**'가 오늘은 대학원에 대한 이야기를 할 겁니다!"

이 첫마디만 열 번을 찍었다. 출근 전까지 계획대로 짜 놓은 이야기를 영상으로 촬영한 뒤 회사로 가지고 갔다. 일을 하면서도 퇴근 시간이 기다려졌다. 그리고 사람들이 퇴근한 뒤, 휴대폰으로 찍은 영상들을 컴퓨터로 옮겼다.

다행히 회사에 영상 편집 프로그램이 설치되어 있어서 인터넷을 보며 기본 편집 방법을 익힌 후 바로 내 영상을 만들었다. 편집에 관해서 잘 모르지만 여러 유튜브 영상을 보면서 편집점을 찾고, 자막을 넣고, 배경음악도 넣어서 5분짜리 영상을 완성하고 나니 밤 12시였다.

그렇게 나는 첫 영상을 내 채널에 올렸다. 그리고 가족들과 친구들에게 링크를 걸어 보냈다. 부모님은 평소 못 보던 얼굴을 유튜브를 통해서 보고 대견스러워하셨다. 친구들은 당연 오그라든다고 했다. 나도 첫 영상은 끝까지 볼 자신이 없었다. 내 목소리가 이렇구나, 얼굴이 이렇게 생겼구나, 새삼 당혹스럽게 다가오는 것들이 한두 가지가 아니었다.

그렇게 첫 영상을 올리고 나니 두 번째, 세 번째 영상을 만드는 것은 크게 어렵지 않았다. 대학원 이야기뿐만 아니라 인생이나 진로에 도움이 될 만한 내용을 담은 영상이라 구독자들도 매일매일 늘어 갔다, 100명, 200명씩 늘어 갔다. 많은 사람들에게 알리고 싶어 네이버 카페에 들어가 영상 링크를 올렸는데, 그 때문에 많은 카페에서 강제 퇴장을 당하기도 했다. 그래도 매일 오르는 구독자 수와 도움이 많이 됐다는 댓글들을 보면 그저 뿌듯했다.

1년이 지난 지금, 약 4,000명의 구독자를 지닌 유튜버로 성장했다. 유튜브를 하면서 시간이 많이 소요되는 것에 비해 수입은 거의 없어서 가끔 스트레스를 받기도 하고 회의감에 빠지기도 한다. 그렇지만 멈출 수가 없다. 나의 이야기를 기다리는 구독자들이 있고, 누군가는 내 영상으로 인생에서 힘든 시간을 잘 헤쳐 나가고 있기 때문이다.

"유튜브를 시작하고 나서 인생이 많이 달라졌나요?"

누군가 이렇게 묻는다면 대답할 수 있다.

"아니요. 예전과 비슷해요. 그런데 제 인생에 다양한 기회들이 모여들고 제안도 받곤 해요. 사실 이렇게 책을 내자라는 용기도 낼 수 있게 해 준 게 유튜브거든요. **내가 유튜브를 시작하지 않았다면 과연 이렇게 많은 가능성들을 생각할 수 있었을까요?** 내가 가진 무기들이 크든 작든 간에 상관없이 유튜브를 시작했고, 운영하고 있기에 거기서 배운 무수한 것들이 오롯이 제 안에 있어요. 저는 그 힘들이 어디서든 발휘될 거라고 믿어요."

재능은 발견되는 것일지도

사람은 자신에 대해 얼마만큼 알고 살아갈까? 대부분 이 나이쯤에는 자신을 다 안다고 생각하고, 내게서 발견될 수 있는 재능이 있다면 이미 발현됐을 거라 생각한다. 나 역시도 그랬다. 진짜 내가 잘하는 일이었다면 이미 발견되었을 거라고. 이제껏 발견하지 못했는데 이제 와서 새로운 재능을 발견하는 게 가능한 걸까. 그게 가능하다면 정말 기적 같은 일이 아닐까?

영상을 올릴 때마다 많은 댓글들이 달리곤 하는데 그중 이런 댓글들이 눈에 띈다.

'어떻게 하면 언니처럼 말을 잘할 수 있을까요?'

'목소리가 너무 예쁘고 편안해요.'

살면서 말을 잘한다거나 목소리가 예쁘다는 말을 들은 적이 없다. 그래서 처음엔 개인차가 있구나 생각했다. 사람들은 모두 다르니까 그렇게 느끼는 사람도 있겠지라고 치부했다. 그런데 날이 갈수록 이런 댓글들과 그 댓글에 동조하는 댓글들이 계속 달렸다.

'목소리 너무 좋으세요. 이참에 ASMR 도전?'

'동감입니다!'

'잘 어울릴 것 같아요.'

목소리가 예쁜 사람들은 따로 있다고 생각했다. 아나운서, 성우 등 이미 직업적으로 타고난 사람들 말이다. 그런데 나에게 이런 재능이 있었다니…. **나에 대한 새로운 사실을 알고 나서 놀랐다. 기뻤다.**

나는 이미 나에 대해 다 안다고 생각하고 내가 아는 사실을 바탕으로만 인생을 꾸려 나가고 있었다. 그런데 전혀 모르는 사람들로부터 나에 대한 새로운 장점을 듣고, 생각지도 못했던 분야를 시도해 보라는 말까지 들으니 감회가 새로웠다.

유튜브를 시작하지 않았다면 평생 모르고 살았을 것이다. 그래서 요즘엔 새로운 습관을 들이고 있다. 어떤 일이든 시도해 보지 않았던 일들을 의뢰받거나 해볼 상황이 생기면 고민하지 않고 도전해 보는 것. 나에게 또 다른 재능이 있을 수도 있으니까!

구독자가 몇 명이에요?

간혹 친척들이 모인 자리에서 부모님이 나의 유튜브 채널을 자랑할 때가 있다. 그렇게 유튜버라고 소개하면 사람들이 공통적으로 하는 질문은 딱 한 가지다.

"구독자가 몇 명이에요?"

어쩔 수 없다. 구독자 수로 이 사람이 유튜버로서 성공한 건가 아닌가를 판단하기 때문이다. 그런데 나의 답변에 훈수를 놓는 이들이 다수 있다.

"우리나라에서는 웬만큼 웃기거나 자극적인 거 아니면 구독자 1만 넘기기 쉽지 않은데…."

누군가 내 소식을 듣고 나의 영상을 봤다고 말하면 반가운 동시에 부끄럽기도 하다. 유튜브 채널은 나의 진솔한 생각들과 개인의 일상을 올리는 장소다. 그렇기 때문에 발가벗은 느낌이 들면서 누군가에게 평가받는 자리라는 생각도 들기 때문이다.

사람들은 대개 자신의 취향에 맞지 않거나 자기의 생각과 다르면 일단 비판 또는 충고를 한다. 내 채널을 본 사람들 몇몇은 이렇게 말하곤 했다.

"차라리 먹방이나 뷰티 같은 거 하지."

"나 같으면 이런 영상 안 봐."

"이런 거 보는 사람들은 마음이 너무 약한 거 아니야?"

"분위기가 너무 처져서 신이 안 난다."

"이런 식이면 구독자 많이 안 모일 것 같은데?"

"내가 해도 이것보다는 더 구독자 잘 모을 수 있어."

안 해본 사람들이 말은 많다. 예전엔 이런 말들을 들으면 속상하기도 하고 마음이 갈대처럼 흔들렸다. 나도 남들처럼 먹방, 자극적인 소재, 관종기 넘치는 썸네일 같은 걸로 해볼까? 좀 더 재밌게 하면 사람들이 많이 들어올까? 내가 정한 콘셉트에 맞는 영상을 만들면서도 이러한 고민들이 끊이질 않았다.

그런데 생각과 고민을 거듭하면서도 시도하지 않았던 이유는 내가 그런 것들과는 어울리지 않는다는 걸 잘 알기 때문이다. 나는 고민을 남에게 잘 말하지 않는 편이다. 왜냐면 자신의 일은 자신이 해결해야 하고, 남들은 나만큼 나의 일에 관심이

없다는 생각에서다. 불안해하는 나를 본 한 친구가 말했다.

"네 성격대로 해. 나는 너처럼 신뢰감 있고 편안한 목소리 내고 싶어도 못 내는데 너는 그냥 가지고 있잖아. 유튜브에 이미 자극적인 내용이 많아서 나중에는 네 채널에 사람들이 더 많이 들어올 수도 있어. 네 장점을 살려."

처음 유튜브를 시작한 이유를 떠올려 봤다. 자극적인 소재들이 판을 치는 유튜브 세상에서 내 채널에 들어오면 **마음이 편해지고 용기를 낼 수 있는 그런 채널**로 만들고 싶었다. 자극적인 소재로 웃기거나, 놀라게 하거나, 정보를 주는 건 많은 사람들이 할 수 있는데 감동을 주는 건 소수의 사람만이 할 수 있다고 생각했다. **어쩌면 트렌드를 못 따라간다고 생각할 수도 있다. 그런데 트렌드는 언젠가는 지나간다.**

영상을 만들어 올리고 나서 조회 수가 많지는 않아도 감동

받았다거나 덕분에 새로운 인생을 꿈꾸게 되었다는 댓글을 보면 초반의 다짐이 떠오른다.

'맞아. 내가 이래서 유튜브를 시작했지.'

알아주는 사람 없다고 그만두는 건 바보 같은 짓이다. 누구는 많다고, 누구는 적다고 생각할 수 있지만, 나는 나의 구독자가 참 소중하다. 그들에게 감동을 주고 구독 버튼을 누르게 만드는 건 쉬운 일이 아니다.

트렌드에 뒤처지니, 구독자 수가 아직 그것밖에 안 되니 하는 말들로 나를 기죽이는 사람들에게 이제는 이렇게 말하곤 한다.

"내 구독자 수만큼 만들어 보고 이야기하세요."

저 사람처럼 되고 싶다는 생각에 괴로울 때

크리에이터가 된 지 어느덧 6개월 차에 접어들었다. 잘할 수 있을 거라는 자신감은 이내 사라지고 콘텐츠 걱정뿐이었다. 더 이상 찍을 거리가 없어지고, 이야기도 계속 정체되어 있는 느낌이었다. **이제는 변화가 필요할 때이다.**

다른 일을 하면서도 머릿속엔 그 생각이 떠나가질 않았다. 그러던 중 유튜버 중에서 내가 너무 닮고 싶을 정도로 외모가 예쁘고, 편집이 아주 편안하게 느껴지는 채널을 발견했다. 구독자 수도 이미 30만 명을 넘긴 상태였고, 이 사람을 좋아하는 이들의 댓글은 수두룩했다.

나는 무작정 그 사람을 따라하고 싶어졌다. 예쁘게 꾸며진 집, 예쁜 외모, 알콩달콩 재미있게 말하는 남자친구, 화장 기술,

예쁜 말투까지 그녀의 모든 점을 닮고 싶었다. 그중 내가 가지고 있는 건 뭘까를 생각하며 내 방을 둘러봤다. 그리고 화장대 위에 있는 물품들을 살펴봤다. 내 방은 어느 집에서나 볼 수 있는 아이보리 벽지에 텅 빈 벽이 대부분이었고, 화장 솜씨가 없어 몇 개 안 되는 화장품들이 책상 위에 널브러져 있었다. 남자친구는 몇 년째 존재하지 않았으며 귀찮아서 매일매일 똑같이 화장했고, 사투리를 쓰느라 예쁘고 잔잔한 말투는 당장 따라갈 수 없었다.

나는 그녀와 아무것도 닮은 게 없었다. 그래서 예쁜 집에서 생활하는 브이로그를 시작하고 싶었지만 시도하지도 못한 채 스트레스만 쌓이고 있었다. 집의 어느 곳을 고쳐야 할지, 어떤 물건들을 사야 할지, 남자친구가 없는 상황은 어떤 걸로 재밌게 메꿔야 할지 등 **내가 없는 것들을 채우고 싶은 마음 때문에 내 현실에 대한 불만이 점점 쌓였다.**

시도하기도 전에 내 것이 아닌 것을 따라가려다가 지쳐 버린 것이다. 나는 그런 식으로 살아온 사람이 아니기에 그렇게 똑같이 될 수 없다는 것을 미처 몰랐던 것이다. 그렇게 스트레스를 받으며 평소처럼 책을 읽고 있었다. 그러다가 그냥 카메라로 이 모습을 찍어 볼까라는 생각이 들었다. 카메라를 켰고, 나는 평소에 읽던 모습으로 책을 읽었고, 내친 김에 책 설명까지 해봤다. 찍은 영상을 보니 생각보다 꽤 괜찮았다.

그때부터 용기를 얻어 나의 생활 이것저것을 있는 그대로 찍어서 편집해 보았다. 나만의 느낌 영상이 탄생한 것이다. 그다음 영상을 만들 때는 남자친구는 없지만 매일 얘기하고 놀던 가족이 있음을 알게 되었고, 그들과 있을 때 가장 나다운 모습이 영상에 담긴다는 사실을 알았다. 그때 깨달았다. 잔기술들은 모방할 수 있을지언정 **본연의 모습은 절대 누구를 따라할 수 없다는 사실을. 나만의 스타일이 있음을. 그것을 조금씩 찾아가면 된다는 것을.**

이제는 낮은 코의 옆모습도, 밑에서 보는 모습도 자주 접하다 보니 사랑하게 되었고, 심지어 예뻐 보인다. 카메라에 담긴 못생겨 보이는 내 모습에 코를 높일까 이마를 고칠까 입술 필러를 넣어 볼까 이것저것 고민했던 순간들은 이제 사라졌다. 너무 많은 부분을 손대야 한다면 그것은 이미 내 것이 아니라는 것을 깨달았다.

한동안 유튜브 채널을 빨리 키우고 싶은데 어떻게 해야 할지 막막할 때, 나도 MCN에 들어가거나 키워 주는 사람이 있으면 좋겠다라는 생각을 했었다. 그러나 한편으로는 이런 생각이 들었다.

'키워 주는 사람이 있다는 건 콘텐츠를 지도해 주고 방향성을 주는 사람인데, 그렇게 만든 채널이 진정한 내 것이라고 할

수 있을까?'

그때, 결심했다. 굳게 마음먹고 내 채널은 내가 키우기로. 남의 도움으로 일어설 수 있을 거라는 착각은 버려야 한다. 조언은 받되, 그 누구도 나만큼 내 것에 대해 고민해 주지 않고, 열정적이지 않으니 **내 채널은 내가 가장 잘 꾸려갈 수 있으니 헛된 기대 말자**.

어떤 일을 시작하고 나서 내 뜻대로 잘 풀리지 않을 때, 우리는 다른 잘하는 사람을 동경하기도 하고, 더 공부하거나 방법을 찾기보다는 누군가의 도움으로 빨리 성장하고 싶어 한다.

그런데 이 사실을 하나 명심해야 한다. 첫 술에 배부른 건 없다는 것을. 처음부터 잘된 것 같은 사람들도 그 전에 관련 분야에서 이미 많은 내공을 쌓아 온 사람들이 대부분이었다. 투자한 노력과 시간이 더 많았을 뿐이니, 남들과 비교하기보다는 내가 투자한 노력과 시간이 얼마인가 나 스스로 비교하는 게 더 효과적인 발전 방향이 아닐까.

내 일을 갖고 싶다

중국에서 회사를 다닌 지 어언 8개월 차에 접어들었다. 그 날도 다른 날들처럼 저녁을 먹고 당연한 듯 회사로 돌아와 일을 시작했다. 정시에 퇴근한다는 건 있을 수 없다는 사실이 모두에게 당연시되었다.

밤 10시가 되도록 컴퓨터 앞에 앉아 수정을 하고 또 했다. 아직 1년 차도 안 된 사원이라 수정하는 시간이 오래 걸린다. 내일 아침 실장님께 보여 드릴 작업물들을 정리해 놓고 밤 11시가 다 되어서야 숙소로 향했다.

거리는 어둑어둑했고, 말도 안 통하는 중국 땅에서 혹시라도 나쁜 사람들이 따라올까 주위를 두리번거리며 걸었다. 늦은 시간이라 거리에는 사람 한 명 보이지 않는다. 숙소에 다 와 가는데 멀리서 혼자 걸어오는 남자가 보였다. 심장이 쿵쿵대기 시작했다. 혹시라도 저 사람이 나쁜 짓을 하면 주위에 도움을 요청할 사람도 없다. 빠른 걸음으로 걷는데 앞에서 걸어오던 남자가 모퉁이로 꺾었다. 다행이다.

엘리베이터를 타고 올라가 재빨리 문을 걸어 잠갔다. 지친 몸으로 침대에 털썩 누워 가만히 눈을 감고 있는데 이런 생각이 들었다.

'나는 언제까지 이렇게 회사에서 퇴근하는 걸 눈치 봐야 할까? 언제까지 이렇게 늦게 퇴근해야 할까? 이 일의 끝은 뭘까? 실장이 되는 게 나의 꿈일까? 그 꿈 많았던 나는 어디로 간 걸까?'

문득 회의감이 몰려오면서 이 일을 왜 하고 있는지 의문이 들었다.

'아니야. 이렇게 생각하긴 아직 일러. 한 가지 일을 진득하고 꾸준하게 해야 한다고 하잖아.'

흔들리는 마음을 타일렀다. 그런데 일을 하면 할수록, 시간이 지나면 지날수록 이런 생각은 더욱 강해졌다. 개인 시간이 너무 없어 집에서 잠을 자는 게 너무 아까울 지경이다. 그런데도 자기 전에는 늘 일이 생각난다. 내일 출근하자마자 검사 맡아야 하는 일들과 아직 해결하지 못한 일들이….

항상 안 되는 일을 되게 하고 창작을 해야 하는 일이기에 일을 끝내는 시간이 오래 걸리고 더디다. 오늘 못 했는데 내일의 나는 과연 할 수 있을까라는 걱정과 함께 잠이 든다.

아침에 눈을 뜨면 새로운 아침의 개운한 기분이 아닌 어젯밤의 걱정이 이어진 하루의 연장선을 달리고 있는 느낌이다. 일을 해결해서 기쁜 것도 하루. 그 다음 날 또 도전을 수행해야 하고, 마감일이 급한 경우에는 심장이 쫄깃해지고 식은땀이 흐를 정도다. 그렇게 매일을 보내다 보니 이러다가 제명에 못 죽겠다라는 생각이 들었다.

나의 모든 시간은 회사를 위해서만 사용하고 있었다. 나의 여유 시간, 주말, 즐거움이 사라지고 나는 회사의 한 부품 그 이상 이하도 아니라는 생각이 자꾸 들었다. 그리고 그 시기에 읽은 책들, 유튜브 영상들이 다 한목소리로 말했다.

'나의 일을 가져야 한다.'

퇴사를 하고 싶어서

"엄마, 나 1년 채우고 퇴사할 건데, 그래도 되지?"

매일 밤늦은 시간 전화로 집에 잘 도착했다고 말한 날들, 일이 너무 바쁘고 버거워서 안절부절못했던 날들이 마구마구 스쳐 지나갔다. 늦게까지 일하는 딸 걱정에, 집에는 무사히 도착했는지 궁금한 마음에 엄마는 늘 내가 도착할 때까지 잠을 못 이뤘다.

"그래. 그렇게 몸 상하면서까지 일하는 거 아니야. 이제 너도 사회생활 해봤고, 성인이니까 알아서 판단하고 결정해."

눈물이 났다. 한동안 일을 하면서 성취감도 맛보고, 꼬박꼬박 나오는 월급으로 안정감이 있었지만 뭔가 중요한 걸 잊으면서 산 느낌이었다. 잊고 사는 건 가능했을지 몰라도 자꾸 잊었다고 신호를 주는데 외면하려 해도 자꾸만 눈에 밟히는 뭔가가 있었다.

'고민하느라 시간을 허비하느니 차라리 이후의 삶을 어떻게 살지 고민해 보자.'

항상 하고 싶었던 일이 있었다. 대학생 때부터 창업은 꼭 한 번 해보고 싶었다. 그런데 그때는 창업에 대해 너무 무지했고, 회사를 다녀 본 경험도 없을 때라 막막할 뿐이었다. 그래서 회사를 제대로 다녀 본 후에 생각해 보자 싶었다.

회사를 다니면 회사를 꾸려 나가는 것도 배울 수 있을 줄 알았다. 그런데 실제로 다녀 보니 회사 경영을 어깨너머로 보고 배울 수 있다고 생각한 건 나의 착각이었다. 내 일을 하느라 벅차서 회사 돌아가는 사정 같은 건 신경 쓸 틈이 없었다. 실제로 일개 사원이 회사의 시스템을 알기란 불가능에 가깝다. 내가 사장을 해보는 게 더 빠르겠다는 결론이 내려졌고, 아무리 옆에서 보고 배운다 해도 실전에서 싸우는 거랑은 차원이 다르다고 생각했다.

그렇게 퇴사를 고려하고 3개월쯤 뒤였다. 안 그래도 언제쯤 실장님께 퇴사 이야기를 해야 할까 고민하던 차에 실장님이 먼저 개인 면담을 요청하셨다. 실장님도 할 말이 있는 듯 보였다.

"지금 상해 지사에서 필요한 인원만 데리고 있으려 하거

든? 다른 사람들은 어느 정도 알겠는데 민지 네 마음을 제일 모르겠어."

회사에서는 아무생각 없이 천진난만하게 웃고 다니는 것 같지만 나는 진짜 감정을 잘 드러내지 않는 편이다. 그래서 나의 그 웃음 뒤에 어떤 생각을 하고 있는지 다른 사람이 알기란 어렵다.

"민지 네가 일에 열정이 있고, 중국에 계속 있고 싶다면 내가 너를 데리고 있겠다고 널 보호할 수 있는데 그게 아니라면 너를 서울로 다시 보내야 할 것 같아."

사실 상해에 처음 왔을 때에는 이렇게 생각했다.

'여기에서 2, 3년 정도 살면서 열심히 일하면 되겠지?'

한 치 앞도 모르는 게 인생이란 말이 생각났다. 내가 1년도 안 되어서 퇴사 결심을 하게 된 상황에 회사도 인건비 축소를 목적으로 움직이고 있었던 것이다. 이왕 이렇게 된 거 퇴사를 생각하고 있다고 말씀드렸다. 실장님은 당황한 눈치였지만, 순조롭게 잘 해결되었다.

개인 면담이 이루어졌고 어느 정도 남을 사람과 떠날 사람이 결정되었다. 나는 모든 준비를 마치고 3개월 뒤에 예정대로 퇴사를 했다.

그런데 내가 퇴사를 하고 1개월이 안 되어서 상해에 남아 있던 한국인들이 대거 퇴사를 권고받아 한국으로 귀국했다. 그들은 배신감에 울기도 하고 욕을 하기도 했다. 일은 힘들었지만 다들 가족, 친구처럼 지낸 끈끈했던 사이라 아직도 연락을 주고받고 있다.

9개월 뒤, 중국 우한에서 바이러스가 번졌다. 감염자와 사망자가 매일 산더미처럼 불어났고, 며칠 사이에 내가 있던 상해도 위험한 지역이 되어 버렸다. 이를 뉴스로 접한 나는 만감이 교차했다. 내가 좋아했던 장소들이 이제는 폐허처럼 변한 광경을 보고 울적해졌다.

그런데 한편으로는 다행이었다. 퇴사를 한 나도, 해고를 당했던 사람들도 그때는 앞길이 막막하고 새로운 회사를 구하러 다시 한국으로 와야 해서 힘들었지만, 만약 그때 해고를 당하지 않았다면 어땠을까를 생각하니 말이다.

한 치 앞을 모르는 게 인생이라는 것. 그러니 너무 많은 고민도, 슬픔도 가질 필요 없고 억울해할 필요도 없다. 나중에 일이 어떤 형태로 다가올지 모르니 말이다.

창업에 도전하다

한국에 돌아오자마자 가장 먼저 한 일은 창업 지원 프로그램을 찾는 거였다. 지금은 가진 돈도 없고, 창업에 관한 지식도 전무한 상태였기 때문에 어디에서든 도움을 받아야 했다. 그렇게 해서 찾은 곳이 정부에서 지원하는 창업 프로그램인데 교육도 해 주고 마지막 수업 날 PPT 발표를 잘하면 시제품을 만들 수 있도록 돈을 지원해 주는 사업이었다.

내가 생각한 창업 아이템은 초보 유튜버를 위한 영상 및 채널 컨설팅 플랫폼이다. 유튜브 채널을 운영하는 것에 고민이 많을 때라 MCN의 거대 기업이 아닌 초보자들을 위한 플랫폼이 꼭 필요하다고 생각했다.

매주 모여서 사람들 앞에서 내 사업 아이템에 대해 발표를 하고 사람들로부터 피드백을 받기도 했다. 창업을 하고자 하는 사람들은 대부분 이미 자신의 아이템에 대해 많은 정보와 지식이 있는 줄 알았는데 대부분이 확신이 없었다.

매주 수업을 듣고 내가 구상한 사업이 어떤 문제점들을 가졌는지 발견하고 하나씩 구체화시켜 나갔다. 그렇게 마지막 발표 날을 향해 모두들 열심히 자신의 아이디어를 다듬었다. 여기서 떨어지면 시제품을 위한 지원은 못 받고 이대로 끝나는 거다. 그래서 더 긴장했고, PPT 자료 준비에 발표 연습까지 온 정신을 쏟아부었다.

한 달이 지나고 마지막 발표 날. 깔끔하게 하늘색 셔츠와 청바지를 입고 발표 자료를 준비해서 장소로 향했다. 버스를 타고 가는 내내 발표할 내용을 입으로 웅얼거리며 연습했다. 총 30팀 가운데 나의 순서는 다섯 번째였다.

다들 열심히 준비해 왔을 거라 생각하며 긴장한 채 앉아 있었다. 첫 번째 순서가 시작됐다. 발표자가 PPT 첫 화면을 띄웠는데 이게 웬걸. PPT 화면 전체가 글로 빽빽하게 채워져 있었다. 그리고 제한시간 5분이라는 규칙이 무색하게 아이템을 구상하게 된 계기를 이야기하는 도중 발표가 종료되었다. 아이템 소개와 계획에 대해서는 말도 못 한 채로. 발표 준비를 안 해본 티가 너무 났기에 사람들의 준비성과 진지함에 대해서 다시 보게 되었다.

빽빽하게 PPT를 가득 메운 글자들을 줄줄 읽는 사람, 껄렁대며 이야기하는 사람, 발표했지만 아무도 이해시키지 못한 사람 등등 그 뒤로도 딱 봐도 탈락할 것 같은 사람들의 행렬이 이어졌다.

처음에는 너무 잘하는 사람들이 많을까 봐 걱정했는데 막상 와서 보니 이 정도면 기대해 볼 만하다 싶었다. 이윽고 내 차례가 왔다. 풀어헤친 머리를 끈으로 동여매고 당당하게 앞으로 걸어갔다. 한 손에는 마이크를, 덜덜 떨리는 다른 손은 선반 위에 올려놓고 발표를 시작했다. 집에서 타이머를 5분으로 맞춰 놓고 시간 안에 끝내는 연습을 많이 한 탓에 어렵지 않게 발표를 마쳤다. 긴장을 많이 한 탓에 무의식이 이끄는 대로 흘러가게 했다. 연습을 많이 한 내 무의식이 알아서 해 줄 거라 믿었기 때문이다.

발표가 다 끝나고 심사위원들의 표정을 봤다. 미소를 지으며 고개를 끄덕이는 모습을 보고 '됐구나!' 직감했다. 그중 심사위원 한 분이 이렇게 칭찬했다.

"PPT 구성을 아주 조리 있게 잘했네요."

한 달간의 노력이 너무나 뿌듯했다. 그렇게 일주일이 지난 뒤 연락이 왔다. 두근두근하는 마음으로 전화를 받았다.

"안녕하세요. 여기 사업부인데요, 그 때 쓰신 발표 자료 사용해도 될까요? 너무 잘 만드셔서 다음 기수 분들에게 예시 자료로 사용하고 싶어서요."

합격했다고 말할 줄 알았는데 그 이야기가 아니라서 살짝 실망했다. 그래도 잘해서 쓰고 싶다는 말에 흔쾌히 허락을 하고 별 다른 말 없이 전화를 끊었다. 그리고 30분 뒤 문자가 왔다.

'**합격하셨습니다.** 자세한 내용은 홈페이지에서 확인해 주시기 바랍니다.'

환호성을 질렀다. 합격 문자를 받아 본 지가 언제였던가. **내 꿈이 한 단계 올라간 느낌이었다.** 통과했다는 자체에 신이 났고, 서울로 두 달간 교육을 받으러 가야 한다는 말에 이제 본격적인 시작임을 깨달았다.

남이 부러워하는 장점 한 가지는 누구나 가지고 있다

시제품 제작비를 지원받기 위해서는 서울에서 두 달간의 교육 프로그램을 한 번 더 이수해야 한다. 왕복 10만 원에 달하는 KTX 값이 걱정되긴 했지만 더 많이 배우려면 그 정도는 감수해야 한다고 생각했다.

서울에 모인 사람들은 경쟁을 한 번 거쳐서 그런지 더 단단한 느낌이었다. 이전 대구에서 토론하고 어울렸던 사람들과는 느낌이 많이 달랐다. 더 구체적이고 열정 있는 사람들이 많았다.

나는 아직 창업에 대해 무지하고 구체화된 게 없는데 이런 저런 경험을 이미 쌓은 사람들이 많아서 매출을 얼마 예상하는지, 1년 동안 사업에 들어갈 돈은 얼마인지 등등 숫자적인 부분들에 대한 준비와 예상까지 다 해 놓았다. 거기에 그만 주눅이 들어 버렸다. 창업을 한다는 사람 치고는 모르는 게 너무 많은 내 자신이 한심하게 느껴졌다.

수업을 마치고 서울역으로 가기 위해 가방을 챙기고 있었다. 그런데 수업 중에 같은 조로 활동한 대구에서 오신 60대로 보이는 아저씨가 말을 거셨다.

"대구 가는 거면 같이 갑시다."

나는 대중교통을 탈 때 혼자 노래를 들으면서 가는 걸 좋아한다. 누군가와 오랫동안 이야기하는 것은 피곤해서 혼자만의 시간을 갖는 게 좋다. 개인주의 성향이 강한 이 시대의 대표적인 사람이다. 그런데 서울역에 가려면 공덕역에서 공항철도를 타고 한 정거장만 가면 된다.

가까운 거리였기 때문에 그곳까지는 이런저런 이야기를 나누면서 갔다. 미리 싼 가격에 구입해 놓은 기차표가 있었는데 시간이 너무 일러 한 시간 정도는 더 기다렸다가 타야 했다.

'먼저 가셨으면 좋겠다. 같이 타면 두 시간 동안 할 얘기도 없는데….'

10분 뒤에 탈 수 있는 기차가 있었다. 한 시간이나 기다려 줄 거라고 생각하지 않아서 안도하고 있었는데, 아저씨가 말씀하셨다.

"혼자 두고 가는 것 같아서 마음이 좀 그런데…. 조금 더 기다렸다가 타지 뭐."

아저씨는 내 바로 옆자리로 기차표를 구매하셨다. 영락없이 같이 타게 되었다. 다행히 저녁을 먹고 커피를 한 잔 마시니 한 시간이 빨리 지나갔다. 기차를 타고 자리에 앉자 아저씨가 가방에서 노트북을 꺼냈다.

"아무리 교육을 받아도 잘 모르겠던데, PPT 만드는 것 좀 도와줄래요?"

화면에 나와 있는 PPT를 직접 만드셨다는 게 놀라웠다. 사실 그 연세에 이렇게 꼬박꼬박 서울에 나와서 교육을 듣고 청년들보다 더 열정 있게 창업 준비를 하시는 걸 보면서 존경심이 느껴졌다.

"나는 아가씨 나이일 때 왜 창업할 생각을 안 했나 몰라. 그때부터 시작했으면 지금쯤 많은 경험을 했을 텐데…. 아가씨 나이가 그저 부럽네. **참, 그 나이에는 경험이 없어서 모르는 게 많은 게 당연하니까 기죽지 말고 차근차근 해 나가요.**"

어려 보이는 외모와 어린 나이를 가지고 있어 경험이 없다는 이유가 콤플렉스였다. 그래서 조금 더 나이 있는 분들의 연륜이나 인맥 그리고 노하우들이 부러웠다. 그런데 반대로 그 분에겐 경험은 없지만 어린 나이에 도전하는 내가 부러워 보였던 거다.

처음에는 같이 가야 한다는 사실이 너무 불편했는데 의외의 상황에서 평소에 갖고 있던 스트레스에 대한 위로를 받았다. **인생은 생각하지 못한 때에 선물을 주기도 한다.**

그림일기 2019. 9. 29.

나를 탓하는 게 제일 쉬웠다

유튜브를 하다 보면 가끔씩 신기한 일들이 일어난다. 유튜브를 하지 않았으면 받아 보지 못했을 제안들을 받아 보는 것. 그래서 요즘에는 아침에 눈을 뜨면 메일부터 먼저 확인한다. 대부분 광고성 메일이라 보고 끄는데, 그날따라 눈에 띄는 생소한 메일이 한 통 와 있었다.

'중국 크리에이터(왕홍)로 활동 제의합니다.'

무슨 일인가 싶어서 메일을 찬찬히 읽었다.

'온라인에 올리신 영상 콘텐츠를 보고, 저희 회사가 준비하고 있는 중국 크리에이터 육성 사업과 잘 맞을 것 같아 연락 드렸습니다. 중국어를 못 하시거나 유창하지 않으셔도, 중국과 한국을 사랑하고, 서로의 문화를 통해 소통하며 본인의 매력을

영상에 녹여 보여주고 싶은 분들을 모집하고 있습니다.'

이 회사는 자신의 브랜드에 맞는 사람을 구하고 있었다. 그 조건이 중국에 거주한 적이 있고, 유튜브로 크리에이터 활동도 하고 있는 사람이었다. 중국에서 일한 경험을 콘텐츠로 만든 적이 있었는데 그걸 보고 메일을 보낸 것이다.

중국 진출을 하려는 자신의 사업과 잘 맞을 것 같다는 이야기였다. 일반인에게 흔히 찾아오는 기회가 아닐 거라는 생각이 들었다. 그래서 한번 도전해 보고 싶었다. 필요한 게 자기소개서와 사진뿐이니 지원하기도 간편했다. 심심한 자기소개서는 쓰고 싶지 않아 스토리텔링을 섞어 가며 재미있게 쓰고, 여러 사람들에게 물어보면서 고쳤다.

[3초 만에 중국인을 사랑에 빠지게 만들다]

상해의 영상 제작사에서 일하던 어느 날, 컬러팀의 실장으로 부임한, 저보다 길고 윤기 나는 머리카락을 가진 그를 처음 봤습니다. 첫 출근 날이라 낯을 가리던 그에게 저의 매력 포인트인 환한 웃음과 쾌활한 성격으로 먼저 다가갔습니다. 그 이후로 그는 저에 대해 궁금해했고, 이는 한국인에 대한 궁금증으로 이어졌습니다. 전주나이차를 마시며 한국의 대학 시절, 술 문화, 20대들이 노는 방법 등을 이야기해 주면서 저희는 금방 친해졌습니다. 한국으로 돌아와야 했기에 그와 이어질 수 없었지만, 한국을 잘 몰랐던 그에게 한국 문화를 알려 준 일이 참 뿌듯했습니다.

이를 계기로 누군가에게 저의 지식을 알려 주는 일이 좋아 유튜브 크리에이터로 활동하게 되었고, 구독자들이 원하는 정보들을 기획해서 영상으로 제작하는 일이 너무 재미있습니다. 이러한 재능으로 한 사람이 아닌 많은 중국인들에게 사랑을 받는 친근한 소통자로서 한국 문화를 전파하고 싶습니다.

그리고 예쁘고 자신감 있어 보이는 사진들을 몇 장 골라 PPT에 글과 같이 작성해서 메일로 보냈다. 2주가 지나서야 전화가 왔다.

"안녕하세요. 중국 크리에이터로 선발되셨습니다. 첫 영상에 대한 기획과 전반적인 사항들을 의논하고 싶어요. 서울로 한 번 오셔야 할 것 같네요."

부푼 마음을 안고 서울로 향했다. 서울로 가는 기차 안에서 많은 생각이 들었다. 어떤 콘셉트로 해야 좋을까? 다이어트를 좀 해야 화면에 더 예쁘게 나오겠지? 중국어를 좀 공부해 놓는 게 나을까? 어머, 이러다 진짜 유명해지는 거 아니야? 이런저런 걱정, 고민, 기대, 망상들이 합쳐져 머릿속에서 넘실댔다.

만나기로 한 장소는 회사 사무실이 아닌 근처의 다른 공간이었다. 팀장과 대리라는 사람이 나를 맞이해 줬고, 회사에 관해 이것저것 설명해 줬다. 이어서 내가 어떤 콘셉트의 방송을 맡을 건지, 어떤 방송들을 참고하면 좋을지를 이야기해 줬고, 거의 모든 것이 성사된 듯 분위기는 화기애애했다.

"다음 주 월요일쯤 방송 촬영이 있을 것 같은데 정해지면 연락 드릴게요. 조심히 내려가세요."

당연히 며칠 뒤면 연락이 올 거라고 생각했다. 그런데 일주일이 지나고 한 달이 지나도 연락이 없었다. 면접까지 본 상태라 기대를 많이 했는데 그만큼 실망도 컸다.

도대체 무엇 때문에 일이 무산된 걸까. 실제로 만나 보니 내 얼굴이 못생겼나? 아니면 살이 좀 쪄 보였나? 키가 작아서 그런가? 아무래도 보여지는 일이다 보니 외모에서부터 지적할 점들을 찾아보았다. 성격이 활발하지 않아서 안 맞을 거라 생각했나? 아니면 사투리를 써서 좀 그런가? 이렇게 나 자신을 탓할거리들만 계속 꼬리에 꼬리를 물고 찾아내고 있었다.

그때, 움츠러들어 있던 나의 또 다른 자아가 고개를 서서히 들었다. **근데 진짜 이유는 그쪽에 있을 수도 있잖아?** 하려던 사업을 접었다든지, 중국 플랫폼 회사와의 계약이 성사가 안 되었다든지. 그들이 해결하지 못한 외부적인 이유일 수도 있는데 무조

건 못난 이유 때문일 거라며 책망하고 있는 나 자신이 바보 같았다.

1:1 미팅까지 해 놓고, 일이 성사된 것처럼 말해 놓고 정작 일을 안 하게 될 때는 연락조차 없었던 그 회사가 잘못된 것이다. **남을 탓해야 하는 상황조차 나를 탓하고 비난하는 건 어리석은 짓이다.**

중간 점검이 필요한 이유

창업을 하면서 나 자신에게 가혹해질 때가 많다. 왜 그렇게 앉아만 있니? 행동으로 움직이질 않니? 왜 그것밖에 시간을 투자하지 않고 있니? 아이디어가 이것밖에 없니? 내가 하고 싶어서 시작한 일이긴 한데 너무나 까마득해서 여기서 뭘 더 어떻게 해야 할지 모르겠다. 왜 더 열심히 하고 있지 않나 나를 다그치지만 스트레스만 쌓일 뿐이다. 더 적극적이지 못한 나의 성격을 탓하고, 아직 인맥이 약한 상황을 탓하고, 유튜브 채널을 좀 더 크게 키우지 못한 나의 능력을 탓했다. 구멍이 한두 개가 아니다. 그 와중에 나보다 어린 대학생도 자신의 사업을 계속 키워 나가고 있었기에 내 능력에 대한 절망감은 더 커져만 갔다.

오랜 자책 끝에 이렇게는 더 이상 안 되겠다는 생각이 들었다. 그래서 일단 모든 걸 중지시키고 나를 다시 들여다보기로 했다. 가장 마음 아픈 질문이라 계속 미뤄 왔던 질문이다.

'나는 지금 이 일을 진짜 진척시킬 수 있나?'

이 질문이 무서웠던 이유는 이미 답을 알고 있어서였다. 항상 어떤 일이든 시작하면 노력을 많이 하지만 세상에는 노력으로도 안 되는 일이 있다. 그래서 매번 노력하면서도 이런 의심들이 스멀스멀 올라왔다.

지금 일에 진척이 안 보이는 이유가 있지 않을까? 내가 감당할 수 있는 종류의 일을 벌이고 있는 게 맞나? 초석을 더 다져서 시간이 조금 더 흐른 뒤에 해야 하는 것 아닐까?

할 수 있다고 억지로 우긴다고 해서 일이 해결되지 않는다. 세상은 그렇게까지 마법은 아니니까. 생각해 보니 내가 할 수 있는 능력치보다 몇 배나 더 큰 걸 건드리려고 했기에 손도 못 쓴 채 주저앉아서 '나는 왜 이것만큼 못할까?' 자책하고 있었다. 나보다 어린 대학생이 하는 사업은 대학생의 수준에서 할 수 있는 것이었고, 접근도 학생의 입장에서는 쉬운 사업 아이템이었다.

반면, 내 아이템은 지금의 내가 하기에 버거운 거였다. 물건 한 개도 밖에서 안 팔아 본 사람이 사람들을 모으는 플랫폼 사업을 하려고 했다니 말이다. 그래서 이제부터는 쉽게 건드릴 수 있는 것부터 시작하기로 마음먹었다. 그랬더니 이제껏 나를 짓누르던 모든 스트레스와 짐들이 사라지면서 마음이 평온해졌다.

우리는 가끔 벽에 부딪힐 때가 있다. 그럴 때는 벽을 보고 잠깐 멈춰 서서 생각해 보는 시간이 필요하다. 눈앞에 꺼내기 두려웠던 것들을 이제는 꺼내야 하는 시간이라고 말해 주고 있기에. 빨리 가려고 뒤도 안 보고 달린 건데, 결국엔 제자리처럼 느껴진다면 서서 생각하는 편이 더 빠를 수 있다.

에이브러햄 링컨이 이런 말을 했다.

'만약 내게 나무를 베기 위해 한 시간만 주어진다면, 우선 나는 도끼를 가는 데 45분을 쓸 것이다.'

회사에서 일을 할 때든 유튜브 영상을 찍을 때든 창업을 할 때든 무작정 덤벼든다고 잘되는 일은 없었다. 계획 없이 덤벼들면 열심히 한다고 해도 어디선가 하나씩 삐끗대고 계속 되돌아가서 수정해야 할 일이 생겨 시간이 더 걸리곤 했다. 일단 덤벼드는 게 성격이라 조금씩 고치기로 마음먹었다.

쉽게 포기하는 사람들을 위한 글

나는 아주 어릴 때부터 하고 싶은 게 굉장히 많았고, 또 쉽게 바뀌었다. TV에 예쁜 사람이 나오면 미스코리아가 되고 싶었고, 역사에 관한 책을 보면 고고학자가 되고 싶어서 고대 이집트 상형 문자를 배웠고, 노래를 좋아해 댄스가수가 되고 싶었고, 영어로 이야기하는 게 좋아 외교관이 되고 싶었고, 몸이 아파 수술을 했을 때는 의사가 되고 싶었고, 〈드림하이〉라는 드라마를 볼 때는 작곡가가 되고 싶었다.

그런데 이 꿈들에는 유효기간이 있었다. 어떤 건 1년, 어떤 건 3년, 어떤 건 5개월. 어릴 때니까 부모님도 그러려니 했다. 꿈이 자주 바뀌어도 괜찮은 건 어릴 때의 특권 아니겠는가. 하루 사이에 꿈을 바꿔도 잘했다 해 주고 터무니없는 꿈을 말해도 괜찮았다. 그런데 커 갈수록 현실적인 꿈을 바라보게 된다.

커서도 나는 한 가지 꿈에 정착하지 못했다. 초등학생 때 가수가 되고 싶어 방과 후에 항상 강당에 가서 친구들이랑 노래를 부르고 춤도 추고 서로 오디션 보는 것처럼 봐 주면서 놀곤 했다. 그러던 어느 날, 밥을 먹고 있는데 엄마가 진지한 표정으로 옆에 앉았다.

"가수 그런 거 하지 말고 다른 거 할 생각해. 진짜 예쁘고 실력 있고 그래야지만 살아남는 게 연예계야. 연예인들이 얼마나 힘든데! 알았어? 오늘 그 꿈 딱 접어라."

엄마가 안 된다고 하면 못 하는 거다라는 생각을 하면서 그 때부터 현실적인 꿈을 생각했다. 마침 그때는 영어 공부도 하고 있었고, 반기문 유엔 사무총장님이 이름을 떨치고 있을 때였다. 그래서 부모님도 좋아할 것 같고, 뭔가 멋있어 보이기도 한 외교관으로 꿈을 바꾸었다. 그래서 외국어 고등학교에 갔고 열심히 공부했다. 하지만 초등학생 때 일부러 학교에 남아서 춤을 추고 노래했던 만큼의 열정은 없었다. 그렇게 내 꿈이 아닌 내 꿈을 움켜잡고 고등학생 시절이 끝날 때쯤 작곡가가 되고 싶은 욕망이 슬슬 올라오기 시작했다. 대학교를 다니던 중 휴학을 하고 작곡을 배우러 다녔다. 밤낮 없이 곡을 쓰고, 음원으로 만들기를 반복했다. 그런데 이 꿈도 1년쯤 지나고 음대를 가지 않으면 안 된다는 생각이 들면서 다시 대학교로 복귀했다. 그 후로도 마케팅 공부, 기획 공부, 코딩 등 다양하게 시도하다가 내 적성이 아닌 것 같으면 바로 포기했다. 부모님도 그런 나의 성격에 혀를 내둘렀다.

"민지야. 뭐든 진득하게 하나 붙잡고 오래 꾸준히 해야지. 이것저것 자꾸 했다 안 했다 하면 안 된다."

물론 옆에서 보는 사람도 괴롭겠지만 당사자인 내가 더 답답했다. 이것저것 시도해 봤지만 적성을 못 찾은 것 같은 날, 이제 더 이상 하고 싶은 게 없다고 생각한 날, 나는 절망스러워 침대에서 펑펑 울었다. 변덕쟁이이자 포기쟁이인 나 자신을 자책하면서.

그렇게 하고 싶은 게 없어서 괴로웠던 날들이 연속될 때 마음에 공간이 생겨야 또 새롭게 하고 싶은 열정이 들어올 수 있겠다 싶었다. 그래서 스트레스 받지 않고 잘 지내다 보니 또 하고 싶은 일이 생기곤 했다.

그리고 이런 모든 경험들이 합쳐져 지금의 내가 되었다. 지금의 나는 1년 동안 유튜브 채널을 운영하면서 성장이 더딜 때도 절대 포기하지 않았다. **'포기하지 말아야지!'** 라고 억지로 잡은 게 아니다. **'포기하고 싶지 않다!'** 라는 생각이 들어서이다.

권태기가 왔을 때 그 사람을 놓으면 상대를 사랑하는 마음이 딱 그만큼이기 때문이라고 한다. 일도 마찬가지다. 포기하고 싶을 때 포기하는 건 내가 딱 그만큼만 그 일을 사랑한 거다. 유튜브는 절대 그만두고 싶지 않다. 그만큼 애정하니까. 글을 쓰는 것도 그렇다. 혼자 고독하게 나 자신과 싸워야 한다. 남과의 경쟁이 아닌 나 자신과의 싸움이니까. 글을 쓰는 동안은 누구도 알아주지 않고, 수입도 없다. 그러나 나의 모든 삶이 녹아 있고, 사람들에게 용기와 희망을 줄 수 있는 이 글을 놓고 싶지 않아 이렇게 매일매일 쓴다.

꿈이라는 건 억지로 힘을 낸다고 이룰 수 있는 게 아니다. 자연스럽게 힘을 내고 싶고, 더 잘하고 싶고, 슬럼프에 빠질 때도 그냥 주저앉아 있는 게 아니라 어떻게 하면 빠져나올 수 있을까 방법을 찾는 것이라고 생각한다.

어떤 일이든 시련은 온다. 다만 그걸 견디고 싶은 마음이 있느냐 없느냐의 차이다. 그러니 포기하고 싶다는 생각이 들면 자신을 자책하기보다는 이 길이 내 길이 아닐 수도 있겠구나라는 생각을 해보는 것도 좋다. 나에게 맞는 다른 일을 찾으면 포기하고 싶지 않을 수도 있으니까.

에필로그 ——

나보다 더 잘하는 누군가를 보며

어떤 일이든 시작을 하면 처음에는 열정과 희망을 가지고 열심히 한다. 그런데 시간이 지나면서 성장이 더디면 나보다 더 빨리 배우고 성장해서 나를 앞질러 가는 다른 이가 눈에 보이기 시작한다. 시작했을 때의 그 순수한 열정과 희망은 사라지고 다른 사람과 나를 비교하며 스스로의 능력을 불신하고 있는 나를 발견한다.

처음 회사에 들어갔을 때, 학원에서 프로그램을 배우긴 했지만 신입이니까 잘 못하는 건 당연하다고 생각했다. 그런데 인턴 때 만든 작품들을 동기와 비교하면 내 작품이 감각적으로 뒤처진다는 생각이 들었다. 평소 공부에 대한 시험을 칠 때는 열심히 하면 성과가 있었다. 그런데 이런 것은 열심히 한다고 단기간에 잘할 수 있는 게 아니었다. 그렇게 매번 동기의 작품과 내 것을 비교하면서 점점 주눅이 들었다.

그런데 주눅 들기 전 간과한 게 있었다. 내가 들어간 광고 회사는 영상을 만드는 회사이기에 미술적인 요소들에 대한 감각을 가지고 있으면 더 좋은 곳이었다. 그런데 나는 공대 출신이었고, 동기는 미대 서양학과 출신이었다. 이미 출발선부터 달랐다. 고등학생 때부터 시작해 9년 동안 미술 공부를 해 온 사람과 시작한 지 이제 1년이 된 나와의 비교 자체가 웃긴 거였다.

유튜브도 마찬가지다. 같은 날 시작했어도 구독자 수, 조회 수 등이 처음에는 비슷하다가 폭발 성장하는 유튜버가 있다. 그들을 보며 나는 왜 이렇게 성장이 느릴까 고민한 적이 한두 번이 아니다. 그러면서 내가 크리에이터로서의 재능이 없는 건가, 그만두는 게 나은 건가라는 생각이 계속 들었다. 그래서 어떻게 하면 더 잘할 수 있을까를 고민하면서 유명 유튜버들이 쓴 책을 보고, 강연도 많이 들으러 다녔다. 기술적인 면이나 마음가짐도 배웠지만 빨리 성장한 유튜버들에겐 공통점이 하나 있었다. 그건 바로 관련 경험이 이미 있다는 것. 빠른 시간 내에 성장한 유튜버들은 광고 마케팅이나 PD 등 미디어 관련 분야에서 일한 경험이 있거나 사람 마음을 자극하는 일에 종사했던 경험, 유튜브를 빨리 키울 수 있는 능력치를 이미 갖추고 있었다. 다들 유튜브는 처음이라고 말하지만 처음 하는 걸 성장시킬 수 있는 재료들을 많이 갖고 있었던 것이다.

이를 보고 나는 비교할 필요가 전혀 없구나를 깨달았다. 비교할 필요 없이 나 또한 관련 경험치와 재료들을 모을 시간을 그들처럼 확보하면 된다. 재능의 차이는 있을 수 있다. 그렇지만 천재들을 제외하고 일반인들의 재능은 비슷비슷하다. 그러니 시간을 얼마나 투자했는지, 얼마나 의식적으로 일했는지에 따라 성장의 속도가 결정되니 나 자신의 어제오늘과 비교하는 게 낫다.

남들과 비교할 필요가 전혀 없다. 모두들 같은 자리에서 시작하고 같은 자리에서 끝나는 게 아니라 **자신만의 레이스가 있는 거니까.**

4장

진짜 나와 마주서기

이대로는 안 되겠다 아르바이트라도 하자

어떤 것을 향해 달려가다가 멈춰야 한다는 생각이 들었을 때의 허무함과 무기력감은 이루 말할 수 없다. 그런데 그보다 더 절망에 빠뜨리는 건 앞이 안 보인다는 거다. 이게 내 길이라 믿고 살았는데 아닌 걸 알고 나서 나는 뭘 해야 먹고살 수 있을까를 고민해야 한다는 건 정말 막막한 일이다. 퇴사하고 몇 달간은 걱정 없이 살았지만 그 몇 달이 지나고 하루하루 나가는 돈은 많은데 수입은 없어 불안해지기 시작했다. **꿈도 꿈이지만 먹고사는 게 우선 아닌가.**

그래, 아르바이트라도 하자. 한동안 할까 말까 망설이면서 이 나이에 무슨 아르바이트냐 하는 생각으로 등한시했는데 찬물 더운물 가릴 처지가 아니었다. 그래서 지인들에게 연락해

단기로 할 수 있는 아르바이트가 있으면 알려 달라고 했다. 신기하게도 몇 분 지나지 않아 의뢰가 들어왔다.

[카페 QR코드 결제 시스템 소개 아르바이트]

11월 한 달 1시부터 3시까지 하루에 두 시간씩

일주일 내내, 시급 9,000원

처음에는 할까 말까 고민을 했다. 사실 아르바이트를 한다고 마음먹었지만 과외나 컴퓨터로 할 수 있는 영상 작업을 생각했는데 전혀 생각지도 못한 일자리가 들어온 것이다. 카페에서 일하는 알바는 한 번도 안 해봤기에 두려움이 앞섰다. 두 시간이 긴 시간은 아니라 큰 돈을 벌 수는 없지만 무조건 고른다고 될 일이 아니었기에 하겠다고 바로 답변을 줬다.

일손이 급하다기에 다음 날 면접을 보고, 현장 답사를 갔다. 알고 보니 평소에 자주 들르던 카페였다. 대구의 번화가인 동성로에 위치한 외관이 예쁜 유명한 카페다. 처음에는 결제 시스템을 카페 주인에게 설명해 주는 일인 줄 알았다. 알고 보니 카페에 들어오는 모든 손님들에게 새로운 주문 시스템을 소개하는 일이어서 당황스러웠다. 시스템 사용 방법을 설명하는 일도 어려운데 모르는 사람한테 말도 걸어야 한다니….

내가 많이 긴장한 듯 보였는지 직원 분께서 먼저 하는 방법을 보여주겠다고 하셨다. 가게 문을 열고 손님 한 분이 들어왔다. 손님이 어떻게 반응할지 모르니 서로가 긴장되는 순간이었다.

"안녕하세요. 더 편하게 주문할 수 있게…."

"그런 거 안 해요."

손님은 말을 끝까지 들어 보지도 않은 채 손을 흔들며 직진해 지나쳤다. 사이비 종교나 도를 아십니까 이런 종류인 줄 알았나 보다. 그래서 들을 필요도 없다는 식의 행동이 나온 것이다. 요즘은 그런 사람들이 많기에 이해는 한다. 두 번째, 세 번째 사람들도 역시 듣지 않으려 했고, 듣고도 그냥 여기서 바로 계산하면 안 되냐며 지나갔다. 직원은 머쓱해하며 말했다.

"평소에 이렇게까지 거절 잘 안 하는데…. 일단 민지 씨 오늘은 이렇게 마무리하고 내일부터 본격적으로 시작해요."

성공하지 못한 모습을 보고 집으로 가는데 내일이 불안했다. 불을 끄고 침대에 누웠는데 잠이 쉽게 안 들었다.

'괜히 한다고 했나? 내가 잘할 수 있을까? 수많은 거절과 쪽팔림을 견딜 수 있을까?'

아직 부딪히지 않은 수많은 걱정들로 그 밤을 지샜다.

까칠한 손님 처음 마주하기

1시까지 가야 하는데 벌써 12시 반이다. 언제 이렇게 시간이 지났는지, 왜 갑자기 이 시간인지 모르겠다. 빨리 씻고 집을 나섰는데 길을 못 찾겠다. 내가 아는 곳인데 가도 가도 주변 풍경이 다 낯설다. **큰일났다.** 약속시간에 벌써 30분이나 늦었다. **큰일났다.** 그런데 여전히 여기가 어딘지도 길을 어떻게 찾아야 하는지 감도 안 잡힌다. 나는 오늘로 쫓겨나겠다.

갑자기 눈이 확 떠졌다. 손을 꼼지락대니 촉감이 살아났다. 첫날, 길을 너무 헤매서 지각하는 꿈을 꿨다. 긴장하는 날이면 항상 길을 못 찾는 꿈을 꾸곤 한다. 몇 시일까, 시계를 봤는데 아침 8시. 다행이다라는 생각이 드는 동시에 걱정이 다시 시작되었다. 조금 일찍 준비를 하고 일 시작 10분 전에 카페에 도착했다. 명찰을 목에 걸고 카페 입구 쪽에 서 있었다.

손님이 들어왔다. 사람들은 대부분 카페에 오면 바로 주문대로 가지 않는다. 카페 안으로 들어가서 선호하는 자리가 남아 있는지 확인부터 한 뒤 오래 머물 정도로 마음에 드는 좌석이 있으면 주문을 하러 간다. 마음에 드는 자리가 없으면 바로 다른 카페를 찾아 떠난다. 이러한 습성을 잘 알기에 바로 다가가지 않고 손님들이 자리를 잡고 주문을 하러 가기 전에 다가가서 말을 걸었다. 그런데, 손님이 내가 다가가자 깜짝 놀라며 말했다.

"이것 때문에 문 앞에서부터 저 따라오신 거예요?"

이상한 사람 취급을 받았다.

"아니요 아니요, 카페에 오시는 모든 분들께 말씀드리고 있어요."

최대한 거부감을 안 느끼도록 전했다. 시스템 소개를 하고 난 후에 이를 이용하고 안 하고는 손님 몫이라 자리를 비켜 줬다.

이 카페는 3층까지 있다. 새로 도입된 주문 시스템의 호출 방식이 아직 완벽하지 않아 손님들이 종종 오해를 하곤 한다. 그래서 음료를 제때에 가져가지 못하는 경우가 종종 있기에 전 층을 오르락내리락하며 손님마다 찾아가서 설명을 해야 했다.

"카카오톡 메시지가 오면 문구에 상관없이 음료 받으러 내려와 주세요."

정말 비효율적인 방식이다. 첫째 날은 그럭저럭 잘 넘어갔지만 이틀째 되는 날, 일이 생겨 버렸다. 아직 시스템 안내 문구가 내 입에 완벽히 붙지 않았다. 손님에게 말할 때마다 어순이 달라지고 버벅거리기도 했다. 카페의 각종 소음 탓에 내 말이 묻혀 '네? 뭐라구요?' 되묻는 손님도 심심찮게 있었다.

1층과 2층을 둘러본 후 3층 테라스로 갔는데 아직 주문을 안 한 손님이 있었다. 1층까지 내려가서 주문하기에 번거로울 것 같아 편하게 주문할 수 있도록 도와주고 싶었다. 그런데 무작정 이 시스템을 이용하라고 말하기는 너무 정 없어 보일까 봐 먼저 친근하게 다가가서 말을 걸었다.

"손님 아직 주문 안 하셨죠?"

이 말을 뱉고 나서 아차 싶었다. 손님 입장에서는 '지금 주문 안 했다고 눈치 주는 건가?' 생각할 수도 있다. 그래서 바로 다음 말을 덧붙였다.

"다름이 아니라 내려가서 주문하는 게 불편할 수도 있으니 이 결제 시스템 이용하면 편리하다고 알려드리려고요."

그러자 손님은 다행히 웃으면서 '아 네, 알겠습니다.'라고 대답했다. 그런데 지나가던 손님이 끼어들며 말했다.

"지금 손님한테 주문하라고 강요하시는 거예요?"

예상치도 못한 손님의 질문에 당황했다. 동시에 나를 보는 쎄한 눈빛과 시비 거는 듯한 말투에 기분이 상했다. 둘째 날부터 손님과 언쟁할 수는 없는 노릇이었다. 기분 나쁜 감정을 억누르고 웃으면서 말했다.

"그게 아니라 이 시스템이 있다는 설명 드리려고요~."

"아 그래요? 그런 거 맞아요? 일부러 시키라고 눈치 주는 거 아니에요?"

손님은 끝까지 말을 물고 늘어졌다. 상황을 모르던 사람이 지나가다 이 장면을 봤다면 이렇게 생각할 것이다.

'남을 도와주는 정의로운 사람인 거 아닌가?'

상대를 하대하는 듯한 눈빛으로 쏘아보는데 이 상황을 빨리 끝내고 싶었다. 그래서 '편하게 주문하세요.' 한마디하고 그 자리를 떠났다. 그 손님도 친구의 이름을 크게 부르고는 카페를 나갔다.

그리고 그 후 3일에 한 번씩 그 여자는 카페를 왔고 그럴 때마다 마주쳤다. 사람을 가려 설명하면 안 되지만 그 손님은 걸렸다. 입구에서 들어오는 모든 손님에게 인사를 하지만 나를 흘깃 보기에 나도 무시하고 인사를 하지 않았다. **인사하고 싶지 않은 상대에게 인사를 안 하는 것도 기분 좋은 일이다.**

다른 일 제의가 들어왔다

아르바이트를 하면서 깨달은 게 하나 있다면 손님 앞에서 내 태도가 당당해야 한다는 것이다. 수줍고 연약해 보이면 일부 심성이 나쁜 사람들은 바로 깔보곤 한다. 엄연히 나는 카페 아르바이트생이 아니다. 결제 시스템 회사의 아르바이트생으로 지원한 거니까. 카페 본사에서 나온 직원이 새로운 시스템 도입을 홍보하러 나온 것처럼 보여야겠다는 생각을 했다. 그래서 캐주얼 차림이 아닌 깔끔한 셔츠와 검정 바지를 입고 카페에 도착하기 전까지 신고 있던 슬리퍼를 검정색 구두로 갈아신었다. 아르바이트를 하는데 무슨 체면을 차리나 생각하는 사람도 있을 것이다. 그렇지만 프로페셔널하게 보이고 싶었다. 그래야 이 시스템도 신뢰감이 있어 보일 듯했다.

바로 화장실로 가서 머리를 질끈 묶고 거울을 보면서 외모를 다듬었다. 밖으로 나가 이미 커피를 마시고 있는 분들에게는 다음에는 이 결제 시스템을 한번 이용해 보라고 안내하고 다시 1층으로 내려왔다. 그런데 손님과 같이 평상복을 입은 30대쯤 되어 보이는 남자가 테이블과 의자를 정리하고 다 먹은 커피 잔들을 치우고 있었다. 누군데 아르바이트생이 하는 일을 하고 있을까 생각하다가 나의 모든 느낌과 신경들이 '사장님이다!'를 외쳤다. 그래서 먼저 다가가서 말을 걸었다.

"혹시 이 카페 사장님이세요?"

"아, 홍보해 주러 오신 분이구나. 안녕하세요."

사장님의 인상이 참 선하게 느껴졌다. 말투에는 거만함이 전혀 묻어 있지 않은 순수한 느낌이었다. 처음 만났지만 좋은 성격 탓에 한참 이야기를 나눴다. 그런데 이야기가 거의 끝날 무렵 사장님이 나에게 물었다.

"민지 씨, 이 알바 끝나고 하는 거 있어요?"

"네? 아, 아니요. 따로 없어요."

"지금 카페 아르바이트생 구하고 있는데 괜찮은 사람이 눈에 보이면 다른 곳에 가기 전에 채용하고 싶어서요."

예전부터 카페 아르바이트가 버킷리스트에 있었다. 누구나 그런 환상 하나쯤은 있지 않나. 아르바이트지만 그런 느낌이 안 들면서 여유롭게 손님한테 주문받고, 맛있는 음료와 케이크 만드는 법도 배울 수 있겠다는 그런 환상.

"그런데 최소한 6개월은 해야 돼요. 일 배우다 보면 3개월은 훌쩍 지나거든요."

내가 간과하고 있는 사실이 보였다. 환상으로 아르바이트를 하기에는 너무 긴 시간이란 걸. 내 일을 갖겠다고 결심하고 퇴사했는데 다른 길로 빠지면 안 되겠다는 생각이 들었다.

"그럼 저는 안 될 것 같아요. 따로 시간 투자해야 하는 일이 있어서요. 그래도 말씀해 주셔서 감사합니다."

그로부터 며칠 후, 옷을 깔끔하게 입은 30대 후반으로 보이는 여성이 중년의 남성과 카페로 들어왔다. 딱 보기에도 남성의 패션은 예사롭지 않았다. 그 나이대에 입는 옷이 아닌 젊은 애들이 입을 법한 옷과 청재킷을 입고 있었다. 신선한 기운을 느끼며 인사를 했고, 결제 시스템을 소개했다. 처음에는 여성분이 머뭇거리다가 휴대폰을 나에게 건네며 말했다.

"어떻게 하는지 모르겠는데 해 주시면 안 돼요?"

모르겠다고 알려 달라고 하면 오히려 기분이 좋다. 나의 말에 귀 기울였고, 이용하고자 하는 의지가 보이는 거니까. 그래서 스마트폰을 들고 주문하는 과정을 찬찬히 보여주고 주문까지 완료했다. 그렇게 휴대폰을 다시 돌려드리는데 며칠 전 카페 사장님한테 받은 질문이 똑같이 들어왔다.

"이 알바 끝나고 따로 하는 거 있어요?"

차근차근 설명해 주는 내가 밝고 똘똘해 보였나 보다.

"제가 사업을 하나 하고 있는데 직원으로 쓰고 싶어서요. 혹시 몇 살이에요?"

"저 스물일곱 살이요."

"아 그럼 이 아르바이트만으로는 안 되겠네. 오랜 시간 근무 안 해도 돈 벌 수 있으니까 한번 생각해 봐요. 이름이랑 전화번호 좀 적어 줄래요?"

명함을 한 장 꺼내서 나에게 건넸다. 명함의 뒷면은 싱그러운 연두색 배경이었고, 가운데에 풀잎 모양과 함께 회사 이름이 적혀 있었다. 다단계 느낌이 물씬 풍겼다. 집에 와서 명함에 적힌 회사를 검색해 보니 다단계 회사에 소속된 곳이었다.

'역시나…!' 하는 순간 카카오톡으로 메시지가 왔다.

'저녁 먹었어요? 민지 씨 에너지가 너무 좋아서 시간 날 때 차 한잔 하고 싶어요. 제가 민지 씨에게 좋은 인연이 될 듯하네요. 꼭 시간 내주세요.'

메시지에 답을 하지는 않았지만 처음 보는 사람으로부터 에너지가 좋아 보인다는 말을 들으니 없던 에너지도 생기는 기분이었다. 아르바이트를 하면서도 기운이 넘치고, 활발한 이미

지를 풍기니 뜻하지 않았던 곳에서 여러 기회들이 생겼다. 어떻게 보면 인생의 기회를 잡는 건 그리 어려운 일이 아닐 수도 있겠다는 생각이 들었다. **긍정적인 기운을 싫어하는 사람은 없다.** 그러니 그 기운을 가지고 사람들을 많이 만나는 환경만 조성하면 일은 쉽게 풀릴지도 모른다.

괜히 나 혼자 마음 상하지 말자

매일 카페를 찾아오는 중년 남성이 있다. 그 남성은 모서리가 둥근 사각형의 검정테 안경을 썼고 갈색 면바지에 셔츠를 입었으며 천으로 만들어진 서류 가방을 들고 터벅터벅 걸어 들어왔다. 누군가 그를 처음 본다면 이런 생각을 할 것이다. '그냥 아저씨네.' 어쩌면 아무 생각이 안 들 수도 있다. 흔히 보는 느낌의 사람이기에. 나는 아무 편견 없이 그 남성에게 다가갔고, 말했다.

"안녕하세요~. 저희 핸즈커피에서 앉아서 편하게 주문할 수 있는…."

내 말이 끝나기도 전에 그 남성은 나를 그대로 통과해 계산대로 갔다. 내가 옆에 존재하지 않는 것처럼.

"아이스 아메리카노 한 잔이요."

그러고는 만 원 한 장을 직원에게 건넨다.

'싫으면 싫다고 말하면 되지….'

나를 보고 있지 않았지만 보고 있었을 수도 있는 손님들 때문에 민망했고, 직원에게 민망했고, 나 자신에게 민망했다. 그 남자는 테이블에 앉아 한 시간 동안 커피를 마신 뒤 카페를 떠났다. 다음 날, 그 남성은 어제와 같은 시간에 카페를 찾았다. 안 그런 척했지만 내 마음이 상했나 보다. 그 남성을 기억하는 걸 보면 말이다. 그래도 일이기에 다가갈까 말까 고민하다가 결국 가지 않았다. 어차피 나를 본체만체할 거란 걸 알기 때문이다. 그 남자가 지나가는 걸 그저 서서 지켜보기만 했다. 그는 계산대에 가서 아이스 아메리카노 한 잔을 시켰다. 그리고 한 시간 뒤에 카페를 떠났다. 그 다음 날, 또 그 다음 날 그 남성은 계속 같은 시간에 카페를 찾았고, 아이스 아메리카노를 주문했고, 책을 펼쳐 읽었고, 한 시간 뒤 자리를 떠났다.

그렇게 보기를 2주째, 그 남성은 여전히 나를 스쳐 지나갔고, 나도 여전히 그가 지나가는 걸 그냥 지켜봤다. 그런데 그날은 웬일인지 아이스 아메리카노가 아닌 카페라떼를 시켰다. 물론 아이스로. 그리고 그 남자가 다 먹은 음료와 쟁반을 카운터에 내놓는 걸 보는데 오늘은 인사를 할 수 있겠다는 느낌이 들었다. 그래서 떠나는 그를 보고 미소를 지으며 말했다.

"안녕히 가세요."

눈이 마주치자 그 남성은 아주 미세하고 옅은 미소를 보이며 고개를 까딱했다. 정말 자세히 보지 않으면 아무도 모를 그 미세한 입가의 움직임을 나는 보았다. 그 순간 2주 동안 그 남성을 볼 때마다 느꼈던 민망함, 약간의 미움 한 스푼, 어색함 등의 응어리가 단숨에 풀리는 느낌이었다. 그래서 그 중년의 남성이 아직도 기억에 남는다.

처음에는 그에 대한 불평과 불만으로 가득했다. 뭐가 그렇게 잘나서 사람을 무시할까. 왜 저렇게 까칠할까.

어쩌면 그 남자는 나에게 나쁜 의도는 없었을 것이다. 성격이 원래 남에게 무심하고, 낯선 사람이 말 거는 것을 싫어할 수 있다. 상대는 나에게 어떤 행동을 취할 수도 있다. 그러나 그런 **개인의 성격과 행동에 괜히 마음 쓰지 않는 편이 낫겠다는 생각을 했다. 괜히 나 혼자 마음 상하지 말자.**

존경스러운 어른이란

한 손에 서류 가방을 든 60대 남성이 카페로 들어왔다. 깔끔한 푸른색 셔츠에 검정색 정장바지를 입었는데 딱 봐도 인상이 너무 좋았다. 묻고 따지지도 말고 한눈에 좋은 사람이라는 걸 알 수 있었다. 그래도 이 시스템을 이용하려고 할지는 미지수였다.

'연세가 있으셔서 복잡하게 주문 안 하려고 하시겠다. 그래도 일단 소개는 해 드리자.'

"안녕하세요. 앉아서 편하게 QR코드로 주문과 결제 다 하실 수 있는데 한번 이용해 보시겠어요?"

그분은 나의 말을 끝까지 듣고, 머뭇거리면서 주머니에서 휴대폰을 꺼내셨다.

"아, 휴대폰으로 찍어서 해야 되는 건가요? 여기 카운터에서 카드로 그냥 바로 결제하려는데 괜찮을까요?"

너무나 예의 바르게 거절을 하셨고, 이미 예상했던 터라 나도 미소를 지으면서 말했다.

"아 괜찮아요. 그럼 다음에 오실 때 한번 이용해 주세요."

그러고는 기분 좋게 돌아서서 다음 손님이 들어오길 기다리고 있었다. 그런데 그분은 주문을 하고 음료가 나오길 기다리면서 나를 다시 부르셨다.

"아가씨, 다음에 올 때는 이용해 보려고 하는데 어떻게 하는지 알려 줄래요? 요즘에는 휴대폰 하나로 뭐든 할 수 있는 세상이라서 배워 놓으면 좋잖아요."

뜻밖이었다. 여태껏 나중에 사용하겠다고 알려 달라고 한 사람은 없었다. 기쁜 마음에 하나하나 알려 드리고 나서 음료가 나올 때까지 잠시 말동무가 되어 드리려고 옆 자리에 계속 앉아 있었다.

"연세 있으신 분들은 이런 거 복잡하다고 잘 안 하려고 하시는데 배우려는 모습이 너무 좋아 보이세요. 인상도 너무 좋으시고요."

"아가씨 인상이 더 좋은데 뭘. 고마워서 그러는데 음료수 하나 마실래요? 사 줄게요. 뭐 마실래요?"

"아, 아뇨! 괜찮아요! 안 마셔도 돼요."

"아니에요. 골라 봐요. 뭐 마실래요?"

이미 카드를 꺼내서 카운터 앞으로 가 계셨다. 빈말이 아니라 정말 사 주려고 몸부터 가 있는 모습에 너무 감사했다.

"아니에요. 제가 손님한테 받는 건 아닌 것 같아요. 말씀만이라도 정말 감사합니다."

드디어 음료가 나왔고, 그 남성 분은 음료를 들고 2층으로 올라가셨다. 이날은 이 한 분 덕분에 모든 아르바이트의 피로가 싹 다 풀렸다. **그저 좋은 사람을 만났다는 이유만으로도 몸이 가뿐하고 하나도 피곤하지 않았다.**

사람 인상만 보고 그 사람의 모든 걸 알 수는 없다. 그렇지만 첫인상에서 많은 걸 알 수 있다. 어떤 것이든 배우려고 하고, 자신보다 한참 어린 사람을 다정하게 대하는 그 어른의 모습이 존경스러웠다.

거절을 견디면 멋진 일이 생긴다

거절은 언제나 마음 아픈 법이다. 의견을 제시했는데 묵살되거나, 좋아하는 사람에게 고백했는데 차이거나, 취업 면접에서 탈락한 것도 누군가로부터 거절당하는 것이다. 그런데 이런 일들은 인생에서 가끔 있는 일이다. 어쩌다 한 번. 그래서 우리는 거절당할까 봐 미루고 시도 안 하는 일들이 많다. **거절은 곧 용기와 같은 말이다.** 거절이 두려우면 용기도 내지 못한다. 그래서 가장 용기 있는 사람은 어쩌면 거절에 능숙한 사람이 아닐까.

아르바이트를 하면서 수많은 사람을 만나 말을 걸다 보면 누군가에게 나의 말을 전달하는 일이 항상 성공적일 수는 없다. 30명에게 말을 걸면 20명이 잠깐 호기심을 갖다가 지나치고 그중 다섯 명이 제대로 시스템을 이용할까 말까 한다. 그러

니 무시당할 확률이 더 높은 셈이다.

어느 날 비니를 쓴 무표정한 젊은 남자가 들어오는 게 보였다. 아르바이트를 며칠 하다 보니 나만의 데이터가 머릿속에 계속 축적이 된다. 그 데이터가 말하길 대개 혼자 온 남성들은 이용을 잘 안 한다이다. 혹시나 몰라 일단 다가가서 설명을 했다. 그런데 무뚝뚝해 보이는 남자로부터 예상치도 못한 반응이 나왔다.

"아! 네네~ 아 이런 시스템이 있어요? 신기하네요!"

의외의 반응을 듣고 이분은 꼭 이용하겠구나 확신을 했다. 그런데 설명이 끝나고 돌아서자마자 그 남자는 계산대로 가 말했다.

"아이스 아메리카노 한 잔이요."

평소의 두 배로 실망을 했다. 믿었던 사람이 더 큰 실망감을 주니까 말이다.

이런 일은 매일 열 번씩은 일어난다. 이때 한 사람을 향한 서운함 때문에 기분 처지는 상황이 지속된다면 그 다음 사람을 대할 때 영향이 갈 수밖에 없다. 다른 사람에게 겪은 회의감을 가지고 그 다음 사람에게 설명을 하면 과연 새롭게 듣는 사람이 그 시스템을 이용하고 싶어 할까? 그러니 마음을 비워야 한다. 류시화 시인의 책에 이런 글귀가 있다.

'사랑하라. 한 번도 상처받지 않은 것처럼.'

나는 이 구절을 살짝 비틀어서 되뇌인다.

'다가가라. 한 번도 거절받지 않은 것처럼.'

우리는 살면서 누구에게나 항상 'OK'를 들으며 살 수는 없다. 누군가는 좋아하겠지만 누군가는 거절할 것이다. 어차피 누구에게나 일어나는 일을 나에게는 큰 상처라고 생각하고 거절을 무서워한다면 우리는 한 발짝 더 앞으로 나아갈 수 없을 것이다. 이 일을 하면서 살면서 거절당할 일들을 몇 주 동안 압축해서 한꺼번에 당한 기분이다.

〈우리는 동물원을 샀다〉라는 영화에 나온 대사가 있다.

"때론 미친 척하고 딱 20초만 용기를 내 볼 필요도 있어. 진짜 딱 20초만 창피해도 용기를 내는 거야. 그럼 장담하는데 멋진 일이 생길 거야."

나는 항상 누군가에게 거절당할까 봐 이것도 저것도 하지 못했다. 미리 마음속에서 생각하고 하지 않은 일들이 많았다.

'이렇게 말하면 나를 싫어할 거야.'

창업을 준비할 때 이게 가장 큰 장애물이었다. 누군가에게 도움을 요청하고, 내 사업을 제안하면서 용기 있게 앞으로 나아가야 했는데 그럴 용기가 없어서 계속 제자리에 머물렀다. 그런 내가 너무나도 싫었다. 어릴 적 엄마의 마음에 들지 못할까 걱정하듯이 내성적인 성격이 아직까지 나의 발목을 잡고 있는 듯한 느낌이 지옥이었다.

그런데 아르바이트를 하면서 인생에서 가장 중요한 용기를 마스터했다. 멋진 일이 생겼다. **인생에서 누군가에게 다가가는 일이 이제는 두렵지 않다.**

'그 사람이 거절할지 안 할지는 몰라. 그냥 해보자. 안 되면 또 하면 되지.'

모두의 마음에 들 수 없다

우리는 모두에게 사랑받고 싶어 한다. 그래서 어떤 사람이 나를 싫어한다는 사실 자체로 괴롭기도 하다. 나를 좋아하는 수많은 사람들을 제치고 그 한 사람의 마음을 돌리려 애쓰고 또 애쓴다. 모두를 충족시킬 수 없다는 걸 알면서도 그 사실을 맞닥뜨리면 슬프다.

예전엔 연예인들이 악플 때문에 자살하는 이유를 이해하지 못했다. SNS로 나에게 험담을 하는 사람도 없고, 내가 하는 행동마다 트집 잡아서 나에게 직접적으로 말하는 사람도 없었기에 연예인들이 악플 때문에 어느 정도로 힘들었는지 우리는 이해하지 못한다. 슬프긴 하겠지만 마음이 여려서 못된 사람들이 쓴 댓글에 상처 입은 거라고 생각했다. 그냥 무시하면 되지 자신을 해치는 모습이 너무 안타까웠다. 그런데 그런 생각이 유튜브를 하면서 달라졌다.

'내가 너무 몰랐고 건방졌구나. 남의 일이라고 쉽게 단정하고 치부했구나. 우리는 남의 의견에 타격을 받을 수밖에 없는 나약한 존재구나.'

어떤 날엔 나의 유튜브 채널에 이런 댓글들이 달렸다.

'네가 못생겼으니까 외롭지.'

'돼지같이 생겼다.'

'정말 터무니없는 내용이다.'

'나는 그렇게 생각 안 하는데? 영상 내리세요.'

연예인들이 보는 정도의 심한 댓글은 아니다. 그런데 그 대상이 나를 향해 있고, 외모 비하부터 시작해서 몇 시간이나 공들여서 만든 영상을 그렇게 한 줄로 폄하해 버리니 마음에 비수가 꽂히듯 아팠다. 이제껏 마음이 강한 줄 알았는데 아니었다. 못난 사람들이 쓴 몇 줄로 마음에 생채기가 났고, 하루 종일 기분이 안 좋았다. 그렇게 간간이 올라오는 악플을 어떻게 풀어야 할지 모르는 상태로 스트레스는 점점 쌓여 갔다.

어느 날, 서점에 어떤 신간들이 나왔는지 구경을 갔다. **'내가 낼 책이 어디쯤에 진열되면 좋을까?'** 하는 행복한 상상을 하면서 에세이가 진열된 코너에 서서 책을 살펴보고 있었다. 그런데 고등학생으로 보이는 여학생이 내 앞에 놓여 있는 『언어의 온도』 책을 홱 집어 들더니 친구를 향해 흔들었다.

'아, 이 책 좋은데! 친구에게 추천해 주려나 보다.'

이 책을 워낙 감명 깊게 읽었던 터라 그렇게 긍정적으로 생각하고 있었다. 흐뭇하게 바라보는데 반대편에서 보고 있던 여학생의 친구가 말했다.

"아! 나 이 책 진짜 싫어. 이 책 읽고 재미있다는 사람 한 번도 못 봤어."

책을 흔들던 여학생도 말을 보탰다.

"나도! 이 책 읽는 사람들한테 이 책을 돈 주고 봤다고? 이렇게 물었잖아!"

여학생은 책을 원래 있던 자리에 '툭' 던지듯 놓고 친구와 팔짱을 끼고 서점을 나갔다.

충격이었다. 글에 깊이가 있고 마음을 따뜻하게 해 주는 좋은 책이라고 생각했는데 어떤 사람에게는 그렇게 싫은 책이었다니. 그런데 이상하게 마음이 편해졌다. 100만 부 이상이 팔린 이렇게 유명하고 극찬을 받은 작가의 책도 비난을 받는데, 몇 사람에게 악플을 받았다고 나를 자책하고 주눅 들어 할 필요가 없다는 생각이 들었다. 내가 못나서 악플을 받는 게 아니라 사람은 원래 모두에게 사랑받을 수 없는 존재구나. 매일 말로만

든다가 실제로 경험을 하고 이 말을 떠올리니 더 와닿았다.

그 후로는 누군가 내 영상에 '싫어요'를 누르고, 악플을 달아도 그냥 그 댓글을 삭제하고 잊는다. 괜히 그런 사람들 때문에 나의 소중한 하루를 망칠 수 없으니까. **조언은 귀담아 들을 필요가 있지만, 무차별한 공격은 똑같이 무시를 해 주는 게 답이다.**

대학 졸업하고 아르바이트하는 게 어때서

'대학 졸업하고도 아르바이트를 해? 대학 다니면서 뭐했니?'

이런 말들을 아무렇지도 않게 하는 사람들이 있다. 우리 사회는 대학에 다니는 동안 부지런히 취업을 준비해 졸업하는 순간 딱! 취업이 되고, 서른 살이 되면 결혼할 돈이 딱! 모여 있고, 서른다섯이 되면 아기는 딱! 잘 크고 있기를 바란다. 제때 갖춰져야 할 것들을 정해 놓고, 중간의 방황이나 간극은 인정하지 않는다. 그리고 이러한 시스템대로 굴러가지 않으면 그 사람을 한심하게 쳐다보거나 자신만의 기준으로 평가한다. 과연 '어떤' 나이에 '어떤' 것을 해야 한다는 기준은 누가 정해 놓은 걸까?

카페 아르바이트를 하다 보면 다른 아르바이트생도 눈여

겨보게 된다. 나의 경우는 엄연히 카페의 일과는 달랐지만 내가 환상처럼 생각했던 일을 하는 아르바이트생이 한 명 있었다. 동그란 안경에 카페 직원 모자를 쓰고 있는 눈매가 아주 선한 여자였다. 앳되어 보이는 얼굴 탓에 아직 대학생인 줄 알았다. 아르바이트를 시작한 지 한 달밖에 안 돼서 아직은 일이 서툴러 보였다.

나는 매일 두 시간씩 바로 옆에서 그 아르바이트생이 하는 일을 보곤 했다. 역시 환상과 실제는 다르다. 손님 주문받으랴, 음료 만들랴, 설거지를 하랴, 테이블 주변 정리를 하랴 너무 바빴다. 매일 출근하면서 그 아르바이트생이랑 친해졌고, 간간이 이야기도 나누었다. 이제 막 대학교를 졸업했다는 그녀에게 나는 당연히 그럴 것이라고 생각한 상황을 물었다.

"취업 준비하면서 알바하고 있는 거예요?"

"아뇨. 지금 취업 준비 안 하고 있어요. 그냥 카페 알바를 예전부터 해보고 싶었거든요. 그래서 하게 됐어요."

수줍게 미소 지으며 정말 해보고 싶었던 일이라고 말하는 그녀를 보면서 '나도 남들이 생각하는 틀에 갇혀 있었구나.'라는 생각을 했다. 대학 졸업생들은 다 취업 준비를 하면서 용돈벌이로 알바를 한다고 생각했다. 그녀는 정말 이 일이 해보고 싶어서 하는 건데도 말이다.

그 이후로 어느 가게를 가든 아르바이트생이 예전처럼 '아무개'로 안 느껴졌다. 물론 용돈이 필요해서 하는 사람도 있다. 그러나 우리의 눈에는 그저 아르바이트라고 보이는 일일지라도 누군가는 그 일에 환상을 갖고 잘하고 싶은 순수한 마음이 깃들어 있는 숭고한 것일 수도 있다. '그 나이에는 아르바이트를 하면 안 돼!'라는 공식은 세상에 정해져 있지 않다. 나도 어쨌든 지금 내 꿈을 위해 아르바이트를 하고 있는 셈이니 말이다. 단 한 번도 이 나이에 아르바이트를 한다는 생각에 부끄러워한 적은 없었다. **모든 판단은 개인의 기준에서 맞고 틀리다가 결정되는 거니까 남의 의견에 큰 의미를 부여할 필요는 없다.** 나의 방향과 속도를 믿고 해 나가면 된다. 나의 생각과는 다른 행동을 한다고 해서 비난하는 건 나의 생각이 좁다는 걸 그대로 드러내는 것밖에 안 된다.

어떤 일이든 잘하는 단 한 가지 방법

사람들이 나를 스쳐 지나가는 3초 동안 그들의 주의를 끌어야 한다. 몇 마디로 내 말에 귀를 기울이고, 끝까지 듣게 할 인내심을 요구하기 위해 **나는 늘 첫마디에 모든 심혈을 기울인다.**

우리가 살아가면서 나의 일에 관심 없는 사람들 앞에서 어떤 것을 설명해야 하는 일이 몇 번이나 있을까? 생각해 보면 우리는 자라면서 무언가를 설명할 일이 별로 없었다. 학생 때 "왜 그렇게 생각하니?"라는 질문을 잘 받지 않고 자라서 그런 게 아닌가 싶다. 그런 질문을 받으면 되게 당황스럽다. '내 생각을 조리 있게 설명할 기회다!'라고 생각하기보다는 '내가 틀린 답을 말해서 설명해 보라는 건가?'라는 두려움이 생긴다. 특히 일을 하면서 상사가 그렇게 물으면 머릿속이 백지장처럼 하얘진다.

유튜브로 내 생각을 이야기하면서부터 사람들이 '어떻게 하면 말을 잘할 수 있는지 궁금해요?'라고 묻곤 한다. 그런데 비법이라는 건 따로 없다. 그냥 하다 보니까, 실수해도 계속 영상을 만들기 위해 노력하다 보니까 원래 잘하는 사람인 것처럼 보일 뿐이다. 나 역시 처음부터 말을 잘한 건 아니었다. 오히려 못 하는 쪽에 가까웠다.

내가 의사를 조리 있게 잘 표현하지 못한다는 걸 고등학교 1학년 때 깨달았다. 국어 시간에 선생님이 모의고사 세 지문 분량의 학습지를 나눠 주고 정해진 시간 안에 풀게 하셨다. 약속된 시간이 지났고, 문제 풀이 시간이 왔다. 그런데 선생님은 답을 먼저 알려주지 않았다.

"1번부터 풀어 볼까? 답이 어떤 거라고 생각하니?"

선생님은 학생들이 답을 모른 채 자신이 고른 답의 이유를 설명해 보길 원하셨다. 나는 그 수업 시간이 무서웠다. 수업 시간에 내 의견을 말해 본 적도, 그럴 일도 없었는데 맞는지 틀린지도 모르는 답을 말하고 설명을 하라니. 정답을 외쳐야 하는 교육 환경에서 자랐으니 틀리면 어떡하냐는 부끄러움에 손을 들 용기가 없었다. 다른 애들도 그렇게 느꼈는지 5분이 흘러도 교실은 정적이었다. 그 정적을 깨고, 한 아이의 목소리가 빈 교실을 채웠다.

"3번이요."

모두들 그 소리가 나는 쪽으로 일제히 고개를 돌렸다. 모두들 궁금함 반 긴장감 반으로 숨죽이고 있었다. 혼자 괜한 걱정을 했다.

'재가 무슨 말을 할까? 설명을 잘 못하면 어떡하지….'

"이유가 뭐라고 생각하니?"

"할미꽃이 보라색인데 이 색은 현대문학에서 슬픔을 표현하는 거잖아요. 그리고 작가는…."

이 친구가 설명을 매우 잘해서 모든 반 아이들이 설득당했다. 사람 마음이 참 간사한 게, 친구가 잘하면 축하보다는 '나는 왜 저 생각을 못 했지?'라는 생각이 든다. 그런 일들이 연속적으로 일어나면 내가 나를 다그치게 된다. 마음이 조급해지지만 친구처럼 할 수 없다는 사실은 낮은 자존감으로까지 이어졌다. 그 이후로도 그런 수업은 한 달에 한 번씩 계속되었지만, 나는 끝까지 답과 이유를 설명하지 못했다. 너무 무서웠다. '사람들 앞에서 틀리면 어떡할까, 설명을 잘 못하면 어쩌지?'라는 마음이 더 컸기 때문이다.

그 친구는 한 번, 두 번 하다 보니 자신감이 붙어서인지 그 후로도 계속 잘해 나갔다. 이때, 나는 나를 극복하지 못했다. 그리고 굳이 그럴 필요도 없었다. 아무 말 없이 조용히 있으면 누군가 대답을 했고, 그러면 내 답은 눈에 띄지 않았기 때문이다.

그런데 내 생각을 말하는 걸 진짜 피할 수가 없게 된 건 회사에 들어가면서였다. TV 광고회사 일을 하면서 대개의 신입이 그러하듯 일에 익숙하지 않아서 감을 잘 잡지 못한다. 그래서 이렇게 해야 하지 않을까 하는 막연한 생각으로 일을 하고 실장님께 컨펌을 받으러 가니 한번은 이렇게 물으셨다.

"민지야, 왜 이렇게 구도를 잡았니?"

고등학교 국어 시간이 생각났다. 다시 머릿속이 하얘지면서 대답할 말이 생각나지 않았다. 뭐라도 이야기해야 할 것 같아 간신히 말했다.

"느낌상 그래야 할 것 같아서요…."

실장님이 화를 내실 줄 알았다. 그것도 모르고 일하냐고 다그칠 줄 알았는데 그런 일은 일어나지 않았다. 오히려 당연히 신입이니까 모른다고 생각하고 하나하나 설명해 주셨고, 어떤 것들을 공부해야 하는지 알려주셨다. 어정쩡하게 아는 척 이야기하는 것보다 차라리 모르는 부분은 인정을 하니 기분이 나았다.

그 후로 매일 실장님께 가서 만든 작업들을 피드백받았는데 그전 일을 교훈 삼아 피드백받으러 가기 전에 설명할 거리들을 미리 마음속으로 준비하고 갔다. 그렇게 설명할 것들을 생각하다 보면 고쳐야 할 점들이 눈에 보이기도 한다.

TV 드라마를 보면 신입사원들은 항상 상사의 의견에 따라 일을 수동적으로 하는 장면들이 많이 나오곤 한다. 그래서 회사에 다니기 전에는 그런 생각을 했다. 당연히 시키는 대로만 하는 것이라고. 그런데 실제로 겪어 보니 달랐다. **신입사원도 생각이 있어야 한다. 어떤 일 하나를 하더라도 논리적인 생각의 흐름으로 일을 진행해 나가야 그걸 누군가에게 설명하고 설득시킬 수 있다.**

누군가에게 틀린 부분을 지적받는 상황을 즐거워하는 사람은 없다. 칭찬 듣는 게 기분이 좋으니까. 그런데 조언받을 용기를 조금만 낸다면 많은 성장을 이룰 수 있다.

사람들에게 계속 시스템을 소개하는 아르바이트를 하면 조언 아닌 형태로 피드백을 받곤 한다. 무시하는 손님이 있다면 호기심이 가도록 말하지 못한 나의 능력 탓이고, "네? 뭐라고요?" 얘기하는 손님이 있으면 나의 의사가 제대로 전달이 안 됐다는 이야기다. 빠르게 많은 얘기를 해야만 손님들이 반응할 줄 알았는데 오히려 말을 천천히 할 때 사람들이 더 귀 기울이기도 한다.

말을 잘하고 싶다고 해서 스피치 책을 먼저 찾아보는 사람이 있다. 미안하지만 책을 읽어도 여전히 같은 자리에서 서성이고 있을 것이다. 일단 부딪쳐야 한다. 행동이 빠를수록 많은 피드백을 받고 바로 새로운 플랜으로 다시 시작하는 과정을 여러 번 반복한다면 앉아서 걱정만 하는 것보다 훨씬 많은 걸 얻을 수 있다. **앉아서 어떻게 말을 잘할까 생각하지 말고 앞에 서서 말부터 해보자.**

엄마의 온실 속에서 자라고 싶지 않아

카페 아르바이트에 대한 이야기를 하기 위해 유튜브 생방송을 진행했다. 며칠 동안 어떤 일을 했었는지, 어떤 일을 당했는지, 어떤 걸 느꼈는지 다 토해냈다. 하루 두 시간, 짧은 시간 일하는 거지만 쌓인 게 많다. 여러 사람들과 이야기한 뒤에 기분 좋게 방송을 종료했다. 혼자서 한 시간 동안 말하면 기력이 많이 달린다. 지친 상태로 모니터 화면을 응시한 채 앉아 있는데 엄마가 내 방으로 들어왔다.

"공주야, 산책 좀 할래?"

엄마와 나는 일주일에 3일 정도 저녁 시간에 아파트 단지를 걸으며 이야기를 나눈다. 할 말이 많아지면 이야기를 끝마칠 때까지 산책은 이어진다. 그렇게 한두 시간이 훌쩍 지나간다. 아직 겨울이 오지 않았는데 공기가 차갑다. 외투를 두껍게 입고 10분쯤 걸었을까. 엄마는 걱정 어린 투로 말을 꺼냈다.

"학점 높고, 영어 성적 좋고, 회사도 1년 다닌 경력이 있는데 취업할 곳이 없어?"

이 질문이 공격적으로 들렸다. 내가 어떤 마음으로 퇴사를 했는지 엄마는 알고 있고 이해하고 있다고 생각했다. 그런데 그 말에서 엄마의 의도가 보였기에 섭섭했다. 그 감정은 내 대답에도 가시를 달고 나왔다.

"엄마, 내가 취업을 못 하는 게 아니라 일부러 안 하고 있는 거 알지 않아?"

"사실 엄마는 네가 왜 이런 아르바이트를 하는지 모르겠다. 공부도 잘했고, 큰 회사도 다닌 네가 퇴사하고 나서 이 일을 한다는 게 이해가 안 가. 돈이 궁한 것도 아니면서…."

엄마도 참아 왔던 생각들을 내뱉었다. 딸이 갑자기 아르바이트를 하겠다고 한 날부터 계속 찝찝하고 답답했지만 차마 말은 못 했던 것이다. 그런 엄마를 조금은 달래는 식으로 말했다.

"일하는 시간이 짧기에 용돈벌이라도 해보자 싶어서 시작한 거지. 그렇게까지 생각할 필요 없어. 어차피 아르바이트 한 번도 안 해봤고, 이번 기회에 경험해 보는 거야."

"내 귀한 딸이 남들한테 그런 거절과 무시를 당하고 있다는 걸 유튜브로 듣는데 마음이 아프더라. 엄마도 영업 안 해본 것도 아니고 수백 번 거절이랑 무시도 당해 봤어. 그 과정을 다 아니까, 내 딸이 그걸 당하고 있으니 마음이 좀 그렇다."

"엄마 마음은 아프겠지만 너무 온실 속의 화초처럼 크는 건 아닐까 하는 생각에 나도 내가 걱정이 돼. 그래서 경험 삼아 해보는 거니까 너무 걱정하지 마."

"그래. 엄마도 아직 마음 수양이 덜 됐나 보다. 미안해."

20대 초반에 했어야 할 일들을 거꾸로 하고 있는 거 안다. 공부 잘하고 있다가 내가 하고 싶은 일 하겠다고 대학원 중퇴하고, 회사 들어가서 잘 다니는 것 같더니만 돌연 퇴사하더니 아르바이트한다며 고생하고 있는 딸의 모습을 보고 있는 부모님 마음도 오죽할까.

그렇지만 부모님 마음 아플까 봐 내가 할 수 있는 경험들을 놓치는 건 더 싫었다. **부모님의 걱정 속에서는 안전하게 자랄 수 있겠지만 성장하지는 못한다.** 우린 아직 부모가 아니기에 부모의 마음을 다 알진 못한다. 그런데 오히려 그래야 하지 않을까?

내 나이 때는 그 마음을 이해하지 못해야 더 많은 걸 경험할 용기가 생기고, 그것에 집중할 수 있다. 그 마음을 다 이해할 수 있다고 하면 이해하는 만큼 나는 덜 자란 성인이 되어 버릴 것이다.

나의 편견과 마주하기

우리는 자신이 살아온 틀 안에서 경험한 것들을 가지고 편견의 틀을 만들어 나간다. 남들이 가진 편견에 대해서는 많이 보고 느낀다. 특히 그것이 인종차별이나 동성애 혐오 등의 극단적인 형태로 자리 잡았을 때는 눈에 띄기가 쉽다. 그런데 소리 없이, 눈에 보이지도 않는 작은 편견들이 오히려 우리 삶에 더 큰 영향을 미치기도 한다. 뚱뚱한 사람은 많이 먹을 거라는 편견, 눈 모양을 보고 그 사람의 성격을 판단하는 행동 같은 거 말이다.

나 또한 내가 어떤 편견을 가지고 있는지 잘 모르고 산다. 의식의 흐름대로 생각은 흘러가고, 내가 하는 생각에 내가 **판단의 잣대**를 들이밀지 않으니 말이다. 그런데 나도 지극히 개인적인 편견을 가지고 있었다는 걸 알아차린 사건이 있다.

편견 하나, 프랜차이즈 카페 사장님은 다 날라리일 거야.

내가 일하는 카페는 대구 지역에만 있는 프랜차이즈 카페이다. 그것도 대구에서 가장 핫한 장소인 동성로에 외관 또한 아름답게 꾸며져 있다. 아르바이트를 하기 전에도 지나칠 때마다 외관이 예뻐서 몇 번 찾은 적이 있다. 그런 곳에서 아르바이트를 하게 되니 카페 사장님에 대한 궁금증이 생겼다.

'이런 곳에 카페를 차린 사람이면 당연히 원래부터 돈이 많고 나이가 있는 사람이겠지? 남자일 것 같은데….'

그런데 그 다음 날 마주친 사장님은 30대 중반의 귀여운 외모를 가진 남자였다. 나이 많은 남자일 거라는 편견이 하나 깨졌다. 그럼에도 불구하고 나의 무의식은 또 다른 편견을 생성하는 걸 멈출 생각이 없다.

'저 나이에 이 카페를 가졌으면 분명히 아직 결혼은 안 했을 테고, 금수저일 가능성이 높아. 어릴 때부터 돈이 많았으니 아마 아직 젊은 나이라고 여기저기 놀고 다니는 날라리일 거야.'

옆에서 테이블을 정리하고 있던 사장님의 휴대폰이 울렸다. 사장님은 화면으로 누군지 확인하고 살짝 미소를 머금은 채 전화를 받았다.

"어, 여보~ 나 애들 면접 봐야 해서 카페에 왔어요. 두 시간쯤 하고 집에 갈 것 같아요. 집에서 봐요~."

이런! 이미 결혼을 하신 분이다. 부부 사이의 다정한 통화 내용을 들은 적이 없다. 대체로 부부들의 무뚝뚝한 불만 소리를 많이 듣곤 했다. 전화통화를 하는 모습 자체를 많이 보지 못했다. 그렇게 사장님은 금수저였지만 정말 자상했고, 결혼을 해서 이미 아기를 키우며 단란한 가정을 꾸리고 있었다. 나는 그 사람에 대해 아무것도 모르면서 그가 가지고 있는 단편적인 몇 개의 정보만 갖고 그 사람의 나이, 인성 등 모든 것을 혼자 판단했던 것이다. 그때 나는 나의 생각과 판단이 이제껏 얼마나 많은 오류를 범하며 살았는지 깨달았다.

편견 둘, 젊은 사람들은 다 QR코드를 사용할 줄 알 거야.

나는 얼리어답터가 아니다. 뭐든지 한 발 물러서서 제품의 리뷰를 열 개 정도는 본 뒤에 제품을 사용하곤 한다. 그렇다고 디지털 시대에 뒤처지는 것도 아니다. 그냥 시대의 흐름에 따라 맞춰 가는 평범한 사람이다. 이 아르바이트를 하면서 당연하게 생각한 점이 있다. 나이 드신 분들은 QR코드가 어려우니 하나부터 열까지 세세히 알려 드려야 하고, 젊은 사람들에게 'QR코드로 이용합니다.'라고 말하면 당연히 사용법을 알고 있을 거라는 생각이었다.

젊은 여자 한 분이 어머니와 함께 카페로 들어왔다. 나는 두

분이 자리에 앉기를 기다렸다가 다가가서 젊은 여자 분과 어머님께 'QR코드로 스캔해서 바로 주문할 수 있습니다.'라고 말씀드렸다. 그리고 옆에 서 있으면 불편할까 봐 자리를 떴다. 그런데 몇 분 후에 젊은 여자 분이 내가 있는 쪽으로 찾아왔다.

"저기…, 제가 이런 걸 잘 모르는데 어떻게 하는지 알려주시면 안 될까요?"

'아차!'

젊은 사람들은 다 이 기능을 알 거라고 생각했다. 그런데 모르는 걸 부끄러워하지 않고 솔직히 말하면서 방법을 물어보는 마음이 존경스러웠다. 그분을 통해 한 수 배웠다. 나도 모르는 게 있으면 부끄러워하지 말고 물어야지. 모르면서 아는 척하는 것보다 그 모습이 오히려 더 아름다워 보이는구나. 그 뒤로 몇 번 더 이런 일이 있어 모든 사람들에게 똑같이 설명을 해 줬다.

내가 가진 편견을 정면으로 맞닥뜨리는 일이 많지 않다. 그래서 사람들은 착각을 하곤 한다.

'나는 편견이 많지 않아. 모든 걸 수용할 수 있어. 요즘 시대가 어떤 시대인데.'

자기 자신을 자기조차 모르는 경우가 많다. **여기저기 부딪히면서 자신의 편견과 마주하고 자신이 가진 오류들을 하나씩 고쳐 나가야만 진정한 내적 성장이 가능하지 않을까.**

우리는 카페 밖에서 다 동등하다

카페에 있으면 여러 가지 오감들이 살아난다. 고소한 와플 굽는 냄새, 커피를 뽑는 기계 소리, 카페에서 흘러나오는 잔잔한 클래식 음악 소리, 손님들이 카페에 들어오는 모습들, 수다 떠는 소리, 그리고 QR코드로 주문하는 소리 '띠로링'. 이 소리는 언제 들어도 기분이 좋다. 내가 손님들을 설득하는 데 성공했다는 소리니까.

보통 두 시간 사이에 30~40명 정도의 손님들이 들어왔다 나간다. 그리고 나는 들어오는 모든 손님들에게 설명을 한다. 어떤 날은 30명 중에 다섯 명만 QR코드 주문을 하고 또 어떤 날은 열다섯 명 정도가 할 때도 있다. 이날은 아르바이트 마지막 날이라 최선을 다하고 싶어서 더 열심히 사람들을 맞이하며 설명을 했다. 그렇게 하니 다닌 기간들 중 최고 매출을 만들었다.

총 16건에 매출 202,700원. 매일 QR코드로 주문된 매출이 20만 원을 넘지 못했는데 마의 선을 넘게 되어 너무나도 뿌듯했다. '유종의 미'라고나 할까. 마지막 날이라 사장님과 커피 한 잔 마시면서 이야기했다.

"나는 사람들한테 먼저 말 거는 거 잘하지 못하는데 사람들에게 다가가서 먼저 말 거는 민지 씨 보면 참 대단해요. 그동안 정말 수고했어요."

솔직하게 자신의 약점을 말하는 사장님이 너무 인간적으로 느껴졌다. **누군가에게 자신의 약점을 드러낼 수 있는 사람은 결코 약한 사람이 아니다.** 내면이 단단한 사람만이 자신의 약점을 다른 사람에게 보여줄 수 있다. 마지막까지 이렇게 배우고 카페를 떠났다.

끝나자마자 맞은편에 있는 신전 떡볶이집으로 달려갔다. 항상 아르바이트를 하는 시간에 점심을 못 먹고 갔는데 맞은편 떡볶이집을 보며 '일 마치면 꼭 가야지.' 생각했었다.

매운 떡볶이랑 오뎅튀김, 군만두, 신전김밥을 시켜서 먹었다. 너무 매울 땐 얼음이 가득 담긴 컵에 청포도맛 쥬시쿨을 콸콸 따라서 마셨다. 그렇게 꿀맛일 수가 없다. 콧등에 땀이 송골송골 맺히고 쓰읍~ 하~거리면서도 그 매운 떡볶이를 다 먹었다. 음식을 다 먹고 막 나가려던 차에 낯익은 얼굴이 떡볶이집 문을 열고 들어왔다.

"지금 손님한테 주문하라고 강요하시는 거예요?"

손님한테 주문을 강요하고 있냐며 따지던 그 여자였다. 관상을 다 믿지는 않지만 이제 보니 날카로운 눈에 뾰족한 턱을 가지고 있다. 한눈에도 까칠해 보인다. 그 여자와 눈이 마주쳤다. 그 여자도 나를 알아본 표정이다. 이제는 카페의 아르바이트생이 아니니 먼저 고개를 숙일 일이 없다. 그 여자는 눈을 황급히 아래로 내렸고, 자리를 찾아 앉아 휴대폰을 꺼내 들여다보고 있다. 카페에서 일하는 아르바이트생이라면 더 쉽게 대했을지 모른다. 따지기도 쉬웠을지 모른다. 그런데 언젠간 아르바이트도 끝나고, **일이 끝나면 밖에서는 그냥 사람 대 사람이라는 생각은 안 했나 보다.** 너무 단순한 것도 탈이다.

카페에서는 직원이지만
떡볶이집에서는 같은 손님이다.

아르바이트로 26년의 열등감을 극복하다

"창업으로 성공해서 돈 많이 벌 거야!"

부푼 꿈을 안고 퇴사를 했다. 물건을 한 번도 팔아 본 적 없으면서 그저 좋아하고 성취감 있는 일을 하면서 돈을 벌고 싶다는 생각에만 들떴던 것이다. 사업 한 번 안 해본 내가, 길거리에서 물건 하나 팔 용기도 없으면서 창업하면 크게 성공할 거라고 생각했던 게 애초에 큰 잘못이었다.

물건을 팔 용기는 없으니 플랫폼 하나 잘 만들어서 양반처럼 '에헴' 하고 있으면 사람들이 알아서 들어와서 서로서로 교환하면서 나는 수수료나 받으면 되지 않을까 안일하게 생각했다. 내가 플랫폼 사업을 할 수 있는 역량이 되는지 생각도 안 해보고 말이다. 내가 생각한 건 유튜브 컨설팅 사업이었다. 유튜브 구독자 1만 명도 모으지 못한 내가 누구를 컨설팅할 수는 없으니 구독자 10만 명까지 모아 본 사람과 초보 유튜버들을 연결해 줘야지라고 단순하게 생각했다.

그런데 그런 사람을 어디서 구하나. 여기서부터 문제였다. 어떤 방식으로 해야 할지도 몰랐다. 그렇게 아무것도 모르는 채로 정부지원 사업에 힘입어 홈페이지를 만들었다. 처음엔 홈페이지만 있으면 될 줄 알았다. 그런데 들어오는 사람이 없으니 홈페이지는 제 기능을 하지 못했다. 그때 알았다. 내가 아직이 사업을 할 역량이 안 되는구나. 경험이 없는 나의 과거는 약점이 되어 날 끌고 다녔다. 그러다가 카페 아르바이트를 하게 된 것이다.

카페에서 일한 이후로 나는 누군가에게 다가가 말을 걸고, 거절당하는 일을 두려워하지 않게 되었다. 나를 깎아내리는 사람이 있을까 미리 걱정하는 것도 덜 하게 되었다. 사람을 대하는 법, 내 서비스를 소개하고 이용하게 하는 법, 거절당해도 일어서는 법을 카페 아르바이트를 통해 배웠다. 이것이 내가 약점에서 벗어나고 뭐든 두렵지 않게 된 계기다. 다음에 창업에 도전할 때는 그전보다는 훨씬 자신감 있게 앞으로 나가는 내 모습이 기대될 정도다.

성장하는 데 도움이 되는 경험들은 가만히 앉아 있으면 찾아오지 않는다. 그렇다고 해서 긴 시간 동안 겪어야 오는 것도 아니다. 내가 했던 일처럼 아주 우연찮게, 아주 짧은 시간 안에 어릴 때부터 가졌던 콤플렉스까지 단번에 날려 버리는 일이 일어나기도 한다. 고작 2주 만에. 그러니 어떤 일이든 편견 없이 모든 경험들을 받아들여야 한다. 어쩌면 그 일이 나에게 날개를 달아 줄 수도 있지 않을까?

엘리너 루스벨트가 말했다.

'매일 하루에 하나씩 네가 두려워하는 일을 해라.'

우리는 대부분의 인생을 자신이 두려워하는 대상을 피해 다니면서 산다고 해도 과언이 아니다. 그런데 내가 평생 무서워했던 것과 직접 부딪치니 모든 근심과 콤플렉스가 한번에 사라지는 신기루를 경험했다. 익숙한 것들은 편하다. 편하지만 마음이 불안하다. 그 속에서 한 발짝도 내밀지 못한 채 '나는 이렇게밖에 살 수 없는 인생인가?'라며 스스로에게 실망을 한다.

자기 책망은 이제 그만하고 세상에서 가장 두려운 일들을 지금부터 하나씩 해 나가야 한다. 그것이 결핍과 두려움을 벗어나는 유일한 길이다.

그 강의,
내가 하면 잘할 수 있는데

집에서 편하게 쉬고 있는데 갑자기 예전에 다녔던 학원이 궁금했다. 홈페이지에 들어가 보니 여전히 강의들은 성황리에 진행되고 있었다. 새로 생긴 강좌들이 많았는데 그중 눈에 띄는 강좌가 있었다.

'유튜브 시작하기.'

유튜브 채널을 운영하고 있는 사람으로서 이 강의가 어떤 내용을 담고 있는지 궁금했다. 그래서 목차를 쭉 봤는데 유튜브 채널에 대한 기획에 관한 내용보다는 채널 만드는 방법, 썸네일 만드는 방법, 영상 편집하는 법 등 기술적인 내용들이 주를 이루었다.

과연 유튜브를 실제로 해본 사람이 하는 강의일까라는 의문이 생겼다. 정말 유튜브 채널을 오래 운영해 본 사람이라면 기술적인 것보다 영상이 담고 있는 내용, 형식, 콘셉트 등이 더 중요할 거라는 걸 당연히 알기 때문이다. 1년 동안 유튜브 채널을 운영하면서 겪은 시행착오들이 머리를 스치면서 번뜩 이런 생각이 들었다.

'나라면 더 잘 가르칠 수 있는데. 내가 이 강의를 맡고 싶다.'

그렇지만 다짜고짜 학원에 전화해서 "제가 이 강의 진행할게요!"라고 할 수는 없는 노릇이었다. 어떻게 보면 나도 내세울 만한 구독자 수를 가진 건 아니니까. 그렇게 생각하고 홈페이지 화면을 닫았다.

세 달 뒤, 아주 반가운 사람에게서 연락이 왔다. 1년 전 회사에 취업하기 위해 다녔던 학원의 강사님이었다. 6개월이라는 시간 동안 많은 걸 배웠고, 칭찬도 많이 해 주셨던 분이라 항상 고맙게 생각하고 있었지만 강사와 학생의 관계였기에 다시는 만날 일이 없을 거라 생각했다.

"민지 씨, 잘 지내요? 요즘 뭐하고 지내요?"

"요즘 퇴사하고 대구에 와서 지내는 중이에요."

"아 그래요? 시간되면 밥 한 끼 먹어요."

그렇게 약속은 급작스럽게 잡혔고, 그 다음 날 저녁을 먹기로 했다. 오랜만에 학원 앞에서 강사님을 기다리고 있는데 감회가 새로웠다. 처음 학원을 다닐 때만 해도 내가 좋은 회사에 들어가고, 상해에서 살게 될 줄은 꿈에도 몰랐는데 말이다. 그리고 이렇게 퇴사해서 이 학원 앞에 있을 줄이야. 1년 6개월 만에 보는 강사님의 모습은 전과 그대로였다. 오히려 강사님이 너무 바뀐 내 모습을 못 알아보셨다. 학원 근처의 아시안 음식점에 들어가서 탄탄면이랑 나시고랭을 시켰다. 선생님과 제자 사이일 때는 개인적으로 만나서 얘기할 일이 없었다. 수업 마치면 바로 집에 가기 바빴으니 말이다. 그런데 내가 회사를 다니고 그 업계를 어느 정도 알고 난 후라 그런지 할 이야기가 많았다. 취업하고 나서 어느 회사를 갔는지 어떻게 지내는지 일부러 이야기를 안 했다. 그래서 강사님도, 학원도 내가 취업했는지조차 몰랐다.

"와~ 민지 씨 서울비젼에서 일했어요? 우와! 거기서 1년 버틴 거면 대단한 건데? 뭐든지 할 수 있겠다 진짜."

사실 회사에 입사하기 전에도 이런 말을 많이 들었다. 그 회사에서 1년만 버텨도 대단한 거라고. 그런데 '진짜 힘들 거야.' 라는 말을 들어서 그런지 상상만큼은 아니었다. 오랜만에 강사님을 만나 관련 업계 이야기를 하니 재미있었다.

그리고 며칠 뒤, 강사님한테서 다시 연락이 왔다.

"민지 씨, 학원에서 강의 한번 해 줬으면 좋겠다고 하시네요.

회사 다닐 때 이야기를 학생들한테 해 주는 거 어때요?"

깜짝 놀랐다. 강의는 정말 대단한 사람이 하는 거라 생각했다. 사람들 앞에서 한 번도 강의를 해본 적 없는 내가 무슨 말을 해 줄 수 있을까 고민됐다. 그래서 내가 학생 입장일 때를 생각해 보았다. 그때는 취업을 한 사람만 봐도 대단해 보이고 어떤 방법으로 했을까, 회사 생활은 어떨까 궁금했다. 그런 부분들을 이야기로 풀어도 성공이겠구나 싶었다.

"네! 할게요. 제가 이제껏 작업했던 것들 가져가서 이야기 해 주면 될 것 같아요."

그렇게 2주 동안 시간을 내서 PPT를 만들었다. 어떤 이야기를 해 주는 게 좋을까 싶어서 주변 사람들한테도 업계 내용을 묻고 최대한 도움이 될 법한 내용들로 정리했다.

한 달이 지난 후, 강의 날이 됐다. 오랜만에 온 학원은 수업을 들으러 왔을 때의 느낌과는 사뭇 달랐다. 뭔가 금의환향해서 온 느낌이랄까? 그때만 해도 내가 이 학원에 강의를 하러 올 거라는 건 상상도 하지 못했다. 좁지만 의자가 빽빽이 들어찬 강의장으로 조심스럽게 들어갔다. 앞쪽에 학생들이 몇 명 앉아 있었다. 담당하시는 분이 강의자의 얼굴을 몰랐는지 내가 들어오는 걸 보고는 말씀하셨다.

"학생, 자리 앞쪽부터 앉아 주세요."

"저… 제가 오늘 강사인데요."

약간 민망해진 채로 이렇게 말하자 앞에 앉아 있던 학생들이 일제히 고개를 돌려 나를 쳐다봤다. 수줍게 미소를 띤 채로 가볍게 목인사를 하면서 강의장 맨 앞으로 갔다.

준비해 온 자료들을 컴퓨터에 옮기고 PPT를 틀었는데 폰트가 다 깨져서 나오는 바람에 당황했다. 아직 시작 시간이 10분 남았기에 급히 폰트를 새로 설치해서 강의 준비를 마쳤다. 시간이 점점 다 되어 가자 강의장의 의자가 점점 채워지기 시작했고 이윽고 만석이 되었다. 학생 수가 30명 정도. 떨리는 손을 감추고 이야기를 시작했다. 정말 솔직한 이야기들을, 도움이 될 만한 이야기들을 쏟아냈다.

처음에는 두 시간 동안 어떻게 혼자 말할까를 걱정하면서 집에서 말하는 속도와 순서들을 많이 연습했는데 다행히 많은 도움이 되었다. 한 시간 반을 쉬는 시간 없이 꽉 채우고 나머지 시간엔 질문 시간을 갖자 두 시간의 여정이 끝이 났다. 고민이 많은 학생들을 위해 최선을 다해 강의했다. 그렇게 한 달이 지나고 난 후 강사님으로부터 또 연락이 왔다.

"민지 씨, 학원에서 저번 세미나 호응이 정말 좋았다고 하는데 혹시 유튜브 강의를 해볼 생각 있어요?"

내가 바라던 일이 드디어 일어났다!

모든 일에 최선을 다하면 일어나는 마법 같은 일

어떤 일이든 딱딱 맞아떨어지는 상황이 있다. 마치 나만을 위해 모든 상황이 짜여진 것처럼.

학원 강사님과 저녁을 먹을 때 갑자기 나에게 연락한 이유가 궁금했다. 왜냐면 내가 학생일 당시, 나는 살가운 제자도 아니었고, 서로 친하게 지낸 사이도 아니었기 때문이다. 그 당시 마지막까지 포트폴리오를 만들며 함께하던 학생이 네 명 있었다. 그중 강사님을 너무 좋아해서 자주 연락하던 여학생이 있었고, 많은 걸 물었던 남학생도 있었다. 그 사이에서 나는 특별한 부분이 없었다. 그저 내 작품을 열심히 만들어서 취업해야지 하는 생각뿐이었다. 학원 다닐 때 이야기가 나오자 나는 자연스럽게 물었다.

"가람이랑 아직 연락하세요?"

"가람이가 누구지? 기억이 잘 안 나는데…?"

내가 더 당황스러웠다. 물론 강사님을 거쳐 간 수많은 학생들이 있었을 테지만. 그래서 강사님의 수업을 들은 다른 남학생의 이야기도 물었다.

"아, 그럼 영민 오빠는 기억하세요?"

"음… 어렴풋이 기억이 날까 말까 하는데…, 잘 모르겠어요."

"그럼, 저는 어떻게 계속 기억하고 계셨어요?"

"민지 씨 엄청 열심히 했잖아요. 그런 학생 별로 없거든요. 그리고 수업도 잘 따라와 줬고. 그때 민지 씨가 포트폴리오 너무 잘해서 학생들한테 아직도 예시로 보여주고 그래요."

이때 강사님이 나를 학원에 추천하셨다. 서울 유명 광고회사에 다니다가 온 학생인데 세미나를 열면 어떻겠냐고. 그렇게 해서 나는 학원에서 첫 강의를 할 수 있게 된 것이다.

때마침, 유튜브 강사로 일하시던 분이 유튜브 수업이 자신과 너무 맞지 않다며 다른 분을 구하라고 하셨단다. 영상회사에서 일해 보기도 했으면서, 유튜브 채널을 이만큼 키운 사람이 많지 않아서 강사님은 내가 생각났고, 저번 세미나도 성공리에 마쳤기에 나를 유튜브 강사로 추천해 준 것이다. 유튜브가 '레드오션'이라고 다들 말하지만 나에게는 오히려 기회를 가져다 준 '블루오션'이었다.

기대했던 일이 순식간에 일어났다. 바로 면접 날짜를 잡고, 부원장님 앞에서 할 수업 시연을 준비해 갔다. 좀 더 신선하고, 도움이 될 만한 강의를 위해 열심히 준비했는데, 10분 모의 강의를 마치고 나자 부원장님이 말씀하셨다.

"우와~. 수업 진짜 재미있어요. 저도 같이 듣고 싶은 마음이에요. 회사에서 유튜브 수업에 힘을 쏟을 예정이니 발판을 잘 닦으면 민지 씨한테도 좋은 기회일 거예요. 우리 같이 오래 일해 봐요."

갑자기 모든 일이 풀리는 듯한 느낌이 들었다. 유튜브 컨설팅 플랫폼 사업을 시작하기에 아직 경험이 너무 없어 일단 나부터 누군가를 컨설팅해 주는 경험이 필요했는데 대상을 구하기가 쉽지 않았었다. 그런데 이렇게 **학원에서 학생들을 여러 명 가르칠 수 있다는 건 나에게 황금과도 같은 기회다.**

이렇게 내가 원하는 일이 이루어지기 위한 조건들에 대해 생각해 봤다. 첫째, 어디서든 열심히 해야 한다. 열심히 하는 사람은 당연히 눈에 띌 수밖에 없다. 둘째, 기회가 왔을 때 대충이 아닌 다음의 기회를 또 잡을 수 있도록 최선을 다해야 한다. 셋째, 주위에 나를 퍼뜨려 줄 좋은 사람이 필요하다. 나에게 강의 기회가 있었지만 두 시간을 때운다는 생각으로 대충 했다면 유튜브 강의 자리가 비었을 때 강사님이 나를 추천해 줄 수 있었을까? 모의 강의라고 해서 PPT에 있는 내용을 앞에서 줄줄 읽기만 해서 되었을까? **모든 순간에 모든 노력들이 쌓였기에 지금 이 자리에 올 수 있었다.**

에필로그 ——

생각이 아닌 마음이 시키는 대로

때때로 많은 생각은 포기로 이어진다. 생각이란 '이거 한번 해 볼까?'라는 물음표에서 줄기처럼 뻗어 나가 '안정감'에 종착한다.

'나는 이게 없어서 시작해도 잘 안 될 거야.'

'귀찮아질지도 몰라.'

'지금 이대로 만족하며 사는 게 더 나을 수도 있어.'

'괜히 시도했다가 잘 안 되면 더 속상할 것 같아.'

'또다시 나에게 실망하기는 싫어.'

생각은 나의 현상황과 제일 먼저 타협한다. 조금만 나의 생활과 빗나가면 심장은 요동치며 경고음을 낸다.

살면서 생각이 아닌 마음이 시킨 대로 한 적이 몇 번 있을까?

우리가 미처 깨닫지 못했지만 지금 여기까지의 상황은 모두 생각이 시킨 일이다. 결국 대부분의 일은 생각이 시킨 대로 하게 되어 있다. 그러니 이번만은 너무 오래 생각하지 말고 마음을 한 번 믿고 따라가는 게 어떨까?

지인으로부터 카페 아르바이트 제의가 온 그날 밤, 나는 10분 정도 고민을 했다. 그런데 고민을 하면 할수록 부정적인 생각들이 나를 두려움으로 덮기 시작했다.

'이 나이에 일을 할 필요가 있을까?'

'아르바이트 한 번도 안 해봤는데….'

'내가 누군가에게 잘 설명해 줄 수 있을까?'

이 생각들이 이성적으로 판단을 내린다고 치면 안 하는 게 맞다. 한 번도 안 해본 일을 한다는 것 자체가 무모하고, '생각'의 판단에서는 이성적이지 않은 행동이다. 그런데 마음 한 켠에 뭔가가 꿈틀댔다.

'나중에 진짜 후회하지 않을 자신 있어?'

그날 밤 새로운 환경에 놓이는 게 두려워 생각들을 따랐다면 이 아르바이트를 선택하지 않았을 거다. 그래서 이때의 나에게 지금 큰 선물이라도 하나 주고 싶다. 무서웠지만 용기내 줘서 고맙다고.

생각이 아닌 마음을 따라가니 생각지도 못한 일들이 일어났다.

그러니 이런저런 생각을 접어두고 마음을 한번 따라가 보자.

상황이 그렇게 나빠지기야 하겠는가?

때론 마음을 따라가보기.

이 도서의 국립중앙도서관 출판예정도서목록(CIP)은 서지정보유통지원시스템 홈페이지(http://seoji.nl.go.kr)와 국가자료공동목록시스템(http://www.nl.go.kr/kolisnet)에서 이용하실 수 있습니다.(CIP제어번호 : CIP2020019790)

가위 낼까 바위 낼까 보 낼까

초판 1쇄 발행 2020년 6월 10일

글·그림 추민지
펴낸이 추미경

책임편집 김선숙 / **디자인** 정혜욱 / **마케팅** 신용천

펴낸곳 베프북스 / **주소** 경기도 고양시 덕양구 화중로 130번길 48, 6층 603-2호
전화 031-968-9556 / **팩스** 031-968-9557
출판등록 제2014-000296호

ISBN 979-11-90546-05-8 (03810)

전자우편 befbooks15@naver.com / **블로그** http://blog.naver.com/befbooks75
페이스북 https://www.facebook.com/bestfriendbooks75

• 잘못된 책은 구입하신 서점이나 본사로 연락하시면 바꿔 드립니다.
• 책값은 뒤표지에 있습니다.